AF196433

Tucholsky   Wagner   Zola   Scott
Turgenev   Wallace   Fonatne Sydow   Freud   Schlegel

    Twain   Walther von der Vogelweide   Fouqué   Friedrich II. von Preußen
                     Weber   Freiligrath   Frey
Fechner   Kant   Ernst
        Fichte   Weiße Rose   von Fallersleben   Richthofen   Frommel
                                            Hölderlin
        Engels   Fielding   Eichendorff   Tacitus   Dumas
Fehrs   Faber   Flaubert
                                       Eliasberg   Ebner Eschenbach
Feuerbach   Maximilian I. von Habsburg   Fock   Zweig
              Ewald   Eliot   Vergil
    Goethe   Elisabeth von Österreich   London
Mendelssohn   Balzac   Shakespeare
                   Lichtenberg   Rathenau   Dostojewski   Ganghofer
    Trackl   Stevenson   Doyle   Gjellerup
Mommsen   Tolstoi   Hambruch
        Thoma   Lenz   Hanrieder   Droste-Hülshoff
Dach   Verne   von Arnim   Hägele   Hauff   Humboldt
        Reuter   Rousseau   Hagen   Gautier
    Karrillon   Garschin   Hauptmann
        Damaschke   Defoe   Hebbel   Baudelaire
                   Descartes
Wolfram von Eschenbach   Schopenhauer Hegel   Kussmaul Herder
        Darwin   Dickens   Rilke   George
    Bronner   Melville   Grimm Jerome
    Campe   Horváth   Aristoteles   Bebel   Proust
Bismarck   Vigny   Barlach   Voltaire   Federer   Herodot
            Gengenbach   Heine
    Storm   Casanova   Tersteegen   Grillparzer   Georgy
        Chamberlain Lessing   Langbein   Gilm
Brentano   Lafontaine   Gryphius
    Strachwitz   Claudius   Schiller   Schilling   Kralik   Iffland Sokrates
        Katharina II. von Rußland   Bellamy
                          Gerstäcker   Raabe   Gibbon   Tschechow
Löns   Hesse   Hoffmann   Gogol   Wilde   Vulpius
Luther   Heym   Hofmannsthal   Gleim
        Roth   Heyse Klopstock   Klee Hölty   Morgenstern   Goedicke
Luxemburg   Puschkin   Homer   Kleist
        Machiavelli La Roche   Horaz   Mörike   Musil
Navarra Aurel   Musset   Kierkegaard   Kraft   Kraus
Nestroy Marie de France   Lamprecht Kind   Kirchhoff   Hugo   Moltke
    Nietzsche   Nansen   Laotse   Ipsen   Liebknecht
            Marx   Lassalle Gorki   Ringelnatz
    von Ossietzky   May   vom Stein Lawrence   Leibniz
Petalozzi   Irving
        Platon   Pückler   Knigge
    Sachs   Poe   Michelangelo   Kafka
        de Sade Praetorius   Mistral   Liebermann   Kock
                                       Zetkin   Korolenko

Die Brautwahl

E.T.A. Hoffmann

Impressum

Autor: E.T.A. Hoffmann
Umschlagkonzept: toepferschumann, Berlin

Verlag: tradition GmbH, Hamburg
ISBN: 978-3-8424-0450-2
Printed in Germany

Text der Originalausgabe

E. T. A. Hoffmann

Die Brautwahl

Eine Geschichte, in der mehrere ganz unwahrscheinliche Abenteuer vorkommen.

Erstes Kapitel

Welches von Bräuten, Hochzeiten, Geheimen Kanzleisekretären, Turnieren, Hexenprozessen, Zauberteufeln und andern angenehmen Dingen handelt.

In der Nacht des Herbst-Äquinoktiums kehrte der Geheime Kanzleisekretär Tusmann aus dem Kaffeehause, wo er regelmäßig jeden Abend ein paar Stunden zuzubringen pflegte, nach seiner Wohnung zurück, die in der Spandauer Straße gelegen. In allem, was er tat, war der Geheime Kanzleisekretär pünktlich und genau. Er hatte sich daran gewöhnt, gerade während es auf den Türmen der Marien- und Nikolai-Kirchen eilf Uhr schlug, mit dem Rock- und Stiefelnausziehen fertig zu werden, so daß er, in die geräumigen Pantoffeln gefahren, mit dem letzten dröhnenden Glockenschlage sich die Nachtmütze über die Ohren zog.

Um das heute nicht zu versäumen, da die Uhren sich schon zum Eilfschlagen anschickten, wollte er eben mit einem raschen Schritt (beinahe war es ein behender Sprung zu nennen) aus der Königsstraße in die Spandauer Straße hineinbiegen, als ein seltsames Klopfen, das sich dicht neben ihm hören ließ, ihn an den Boden festwurzelte.

Unten an dem Turm des alten Rathauses wurde er in dem hellen Schimmer der Reverberen eine lange, hagere, in einen dunkeln Mantel gehüllte Gestalt gewahr, die an die verschlossene Ladentüre des Kaufmanns Warnatz, der dort bekanntlich seine Eisenwaren feilhält, stark und stärker pochte, zurücktrat, tief seufzte, hinaufblickte nach den verfallenen Fenstern des Turms.

»Mein bester Herr«, wandte sich der Geheime Kanzleisekretär gutmütig zu dem Mann, »mein bester Herr, Sie irren sich, dort oben in dem Turm wohnt keine menschliche Seele, ja, nehme ich wenige Ratten und Mäuse und ein paar kleine Eulen aus, kein lebendiges Wesen. Wollen Sie von dem Herrn Warnatz einiges Vortreffliche in Eisen oder Stahl erstehen, so müssen Sie sich morgen wieder herbemühen.«

»Verehrter Herr Tusmann« – »Geheimer Kanzleisekretär seit mehreren Jahren«, fiel Tusmann dem Fremden unwillkürlich ins

Wort, ungeachtet er etwas verdutzt darüber war, von dem Fremden gekannt zu sein. Der achtete darauf aber gar nicht im mindesten, sondern begann von neuem: »Verehrter Herr Tusmann, Sie belieben sich in meinem Beginnen hier ganz und gar zu irren. Weder der Eisen- noch der Stahlwaren bin ich bedürftig, habe es auch gar nicht mit dem Herrn Warnatz zu tun. Es ist heute das Herbst-Äquinoktium, und da will ich die Braut schauen. Sie hat schon mein sehnsüchtiges Pochen, meine Liebesseufzer vernommen und wird gleich oben am Fenster erscheinen.«

Der dumpfe Ton, in dem der Mann diese Worte sprach, hatte etwas seltsam Feierliches, ja Gespenstisches, so daß es dem Geheimen Kanzleisekretär eiskalt durch alle Glieder rieselte. Der erste Schlag der eilften Stunde dröhnte von dem Marienkirchturm herab, in dem Augenblicke klirrte und rauschte es an dem verfallenen Fenster des Rathausturms, und eine weibliche Gestalt wurde sichtbar. Sowie der volle Laternenglanz ihr ins Antlitz fiel, wimmerte Tusmann ganz kläglich: »O du gerechter Gott im Himmel, o all ihr himmlischen Heerscharen, was ist denn das!«

Mit dem letzten Schlage und also im selbigen Augenblick, wo Tusmann, wie sonst, die Schlafmütze aufzusetzen gedachte, war auch die Gestalt verschwunden.

Es war, als hätt die verwunderliche Erscheinung den Geheimen Kanzleisekretär ganz außer sich selbst gebracht. Er seufzte, stöhnte, starrte hinauf nach dem Fenster, lispelte in sich hinein: »Tusmann – Tusmann, Geheimer Kanzleisekretär! – besinne dich doch nur! werde nicht verrückt, mein Herz! – Laß dich vom Teufel nicht blenden, gute Seele!« –

»Sie scheinen«, begann der Fremde, »von dem, was Sie sahen, sehr ergriffen worden zu sein, bester Herr Tusmann? – Ich habe bloß die Braut schauen wollen, und Ihnen selbst, Verehrter, muß dabei noch anderes aufgegangen sein.«

»Bitte, bitte«, wimmerte Tusmann, »wollen Sie mir nicht meinen schlichten Titel vergönnen, ich bin Geheimer Kanzleisekretär, und zwar in diesem Augenblick ein höchst alterierter, ja wie ganz von Sinnen gekommener. Bitte ergebenst, mein wertester Herr, gebe ich Ihnen selbst nicht den gebührenden Rang, so geschieht das lediglich aus völliger Unbekanntschaft mit Ihrer werten Person; aber ich will

Sie Herr Geheimer Rat nennen, denn deren gibt es in unserm lieben Berlin so gar absonderlich viele, daß man mit diesem würdigen Titel selten irrt. Bitte also, Herr Geheimer Rat mögen es mir nicht länger verhehlen, was für eine Braut Sie hier zu der unheimlichen Stunde zu schauen gedachten!«

»Sie sind«, sprach der Fremde mit erhöhter Stimme, »Sie sind ein besonderer Mann mit ihren Titeln, mit ihrem Rang. Ist man dann Geheimer Rat, wenn man sich auf manches Geheimnis versteht und auch wohl nebenher guten Rat zu erteilen vermag, so kann ich wohl billigen Fugs mich so nennen. Mich nimmt es wunder, daß ein so in alten Schriften und seltenen Manuskripten belesener Mann wie Sie, wertester Herr Geheimer Kanzleisekretär, es nicht weiß, daß, wenn ein Kundiger – verstehen Sie wohl! – ein Kundiger zur eilften Stunde in der Nacht des Äquinoktiums hier unten an die Türe oder auch nur an die Mauer des Turms klopft, ihm oben am Fenster dasjenige Mädchen erscheint, das bis zum Frühlings-Äquinoktium die glücklichste Braut in Berlin wird.«

»Herr Geheimer Rat«, rief Tusmann, wie plötzlich begeistert von Freude und Entzücken, »verehrungswürdigster Herr Geheimer Rat, sollte das wirklich der Fall sein?«

»Es ist nicht anders«, erwiderte der Fremde, »aber was stehen wir hier länger auf der Straße. Sie haben Ihre Schlafstunde bereits versäumt, wir wollen uns stracks in das neue Weinstübchen auf dem Alexanderplatz begeben. Es ist nur darum, daß Sie mehr von mir über die Braut erfahren, wenn Sie wollen, und wieder in die Gemütsruhe kommen, aus der Sie, selbst weiß ich nicht recht warum, ganz und gar herausgebracht zu sein scheinen.« –

Der Geheime Kanzleisekretär war ein höchst mäßiger Mann. Seine einzige Erholung bestand, wie schon erwähnt wurde, darin, daß er jeden Abend ein paar Stunden in einem Kaffeehause zubrachte und, politische Blätter, Flugschriften durchlaufend, ja auch in mitgebrachten Büchern emsig lesend, ein Glas gutes Bier genoß. Wein trank er beinahe gar nicht, nur sonntags nach der Predigt pflegte er in einem Weinkeller ein Gläschen Malaga mit etwas Zwieback zu sich zu nehmen. Des Nachts zu schwärmen war ihm sonst ein Greuel; unbegreiflich schien es daher, daß er sich ohne Widerstand, ja ohne auch nur ein einziges Wort zu sagen, von dem Fremden fortziehen ließ, der mit starken, durch die Nacht dröhnenden Schritten forteilte nach dem Alexanderplatz.

Als sie in die Weinstube eintraten, saß nur noch ein einziger Mann einsam an einem Tisch und hatte ein großes Glas, mit Rheinwein gefüllt, vor sich stehen. Die tief eingefurchten Züge seines Antlitzes zeugten von sehr hohem Alter. Sein Blick war scharf und stechend, und nur der stattliche Bart verriet den Juden, der alter Sitte und Gewohnheit treu geblieben. Dabei war er sehr altfränkisch, ungefähr wie man sich ums Jahr eintausendsiebenhundertundzwanzig bis -dreißig trug, gekleidet, und daher mocht es wohl kommen, daß er aus längst vergangener Zeit zurückgekehrt schien.

Noch seltsamer war aber wohl der Fremde anzuschauen, auf den Tusmann getroffen.

Ein großer, hagerer, dabei kräftiger, in Gliedern und Muskeln stark gebauter Mann, scheinbar in den fünfziger Jahren. Sein Antlitz mochte sonst für schön gegolten haben, noch blitzten die großen Augen unter den schwarzen buschichten Augenbrauen mit jugendlichem Feuer hervor – eine freie offene Stirn – eine stark gebogene Adlersnase – ein fein geschlitzter Mund – ein gewölbtes Kinn – das alles hätte den Mann vor hundert andern eben nicht ausgezeichnet; während aber Rock und Unterkleid nach Art der neuesten Zeit zugeschnitten waren, gehörten Kragen, Mantel und Barett dem Ende des sechzehnten Jahrhunderts an; vorzüglich mocht es aber wohl der eigne, wie aus tiefer schauerlicher Nacht hinausstrahlende Blick des Fremden, der dumpfe Ton seiner Stimme, sein ganzes Wesen, das durchaus gegen jede Form der jetzigen Zeit grell abstach, vorzüglich mochte es das alles sein, was in seiner Nähe jedem ein seltsames, beinahe unheimliches Gefühl einflößen mußte.

Der Fremde nickte dem Alten, der am Tische saß, zu wie einem alten Bekannten.

»Seh ich Euch einmal wieder nach langer Zeit«, rief er, »seid Ihr noch immer wohlauf?«

»Wie Ihr mich findet«, erwiderte der Alte mürrisch, »wohl und gesund und noch zur rechten Zeit auf den Beinen und munter und tätig, wenn es darauf ankommt!«

»Das fragt sich, das fragt sich«, rief der Fremde laut lachend und bestellte bei dem aufwartenden Burschen eine Flasche des ältesten Franzweins, der im Keller vorhanden.

»Mein bester, verehrungswürdigster Herr Geheimer Rat!« begann Tusmann deprezierend.

Aber der Fremde fiel ihm schnell in die Rede: »Lassen wir doch jetzt alle Titel, bester Herr Tusmann. Ich bin weder Geheimer Rat noch Geheimer Kanzleisekretär, sondern nichts mehr und nichts weniger als ein Künstler, der in edlen Metallen und köstlichem Gestein arbeitet, und heiße mit Namen Leonhard.«

»Also ein Goldschmied, ein Juwelier«, murmelte Tusmann vor sich hin. Er besann sich nun auch, daß er bei dem ersten Anblick des Fremden in der erleuchteten Weinstube es hätte wohl einsehen müssen, wie der Fremde unmöglich ein ordentlicher Geheimer Rat sein könne, da er in altdeutschem Mantel, Kragen und Barett angetan, wie solches bei Geheimen Räten nicht üblich.

Beide, Leonhard und Tusmann, setzten sich nun hin zu dem Alten, der sie mit einem grinsenden Lächeln begrüßte.

Nachdem Tusmann auf vieles Nötigen Leonhards ein paar Gläser des gehaltigen Weins getrunken, trat Röte auf seine blassen Wangen; vor sich hin blickend, den Wein gemütlich einschlürfend, lächelte und schmunzelte er überaus freundlich, als gingen die angenehmsten Bilder in seinem Innern auf.

»Und nun«, begann Leonhard, »und nun sagen Sie mir unverhohlen, bester Herr Tusmann, warum Sie so gar besonders sich gebärdeten, als die Braut im Fenster des Turms erschien, und was jetzt so ganz und gar Ihr Inneres erfüllt? Wir sind, Sie mögen das nun glauben oder nicht, alte Freunde und Bekannte, und vor diesem guten Mann brauchen Sie sich gar nicht zu genieren.«

»O Gott«, erwiderte der Geheime Kanzleisekretär, »o Gott, mein verehrtester Herr Professor – lassen Sie mich Ihnen diesen Titel geben; denn da Sie, wie ich überzeugt bin, ein sehr wackrer Künstler sind, könnten Sie mit Fug und Recht Professor bei der Akademie der Künste sein – Also! mein verehrtester Herr Professor – vermag ich denn zu schweigen? Wovon das Herz voll ist, davon geht der Mund über! – Erfahren Sie es! – Ich gehe, wie man sprichwörtlich zu sagen pflegt, auf Freiers Füßen und gedenke zum Frühlings-Äquinoktium ein glückliches Bräutlein heimzuführen. Konnt es denn nun wohl fehlen, daß es mir durch alle Adern fuhr, als Sie, verehrtester Herr Professor, beliebten, mir eine glückliche Braut zu zeigen?«

»Was«, unterbrach der Alte den Geheimen Kanzleisekretär mit kreischender, krächzender Stimme, »was? – Sie wollen heiraten? Sie sind ja viel zu alt dazu und häßlich wie ein Pavian.«

Tusmann erschrak über die entsetzliche Grobheit des jüdischen Alten so sehr, daß er kein Wort herauszubringen vermochte.

»Nehmen Sie«, sprach Leonhard, »dem Alten da das harte Wort nicht übel, lieber Herr Tusmann, er meint es nicht so böse, als es wohl den Anschein haben möchte. Aufrichtig gesagt, muß ich aber auch selbst gestehen, wie es mich bedünken will, daß Sie etwas spät sich zur Heirat entschlossen haben, da Sie mir beinahe ein Fünfziger zu sein scheinen.«

»Auf den neunten Oktober, am Tage des heiligen Dionysius erreiche ich mein achtundvierzigstes Jahr«, fiel Tusmann etwas empfindlich ein. »Dem sei, wie ihm wolle«, fuhr Leonhard fort, »es ist auch nicht das Alter allein, das Ihnen entgegensteht. Sie haben bisher ein einfaches, einsames Junggesellenleben geführt, Sie kennen das weibliche Geschlecht nicht, Sie werden sich nicht zu raten, nicht zu helfen wissen.«

»Was raten, was helfen«, unterbrach Tusmann den Goldschmied, »ei, bester Herr Professor, Sie müssen mich für ungemein leichtsinnig und unverständig halten, wenn Sie glauben, daß ich blindlings ohne Rat und Überlegung zu handeln imstande wäre. Jeden Schritt, den ich tue, erwäge und bedenke ich weislich, und als ich mich in der Tat von dem Liebespfeil des losen Gottes, den die Alten Cupido nannten, getroffen fühlte, sollte da nicht all mein Dichten und Trachten dahin gegangen sein, mich für diesen Zustand gehörig auszubilden? – Wird jemand, der ein schweres Examen zu übestehen gedenkt, nicht emsig alle Wissenschaften studieren, aus denen er befragt werden soll? – Nun, verehrtester Herr Professor, meine Heirat ist ein Examen, zu dem ich mich gehörig vorbereite und wohl zu bestehen glaube. Sehen Sie, bester Mann, dieses kleine Buch, das ich, seit ich mich zu lieben und zu heiraten entschlossen, beständig bei mir trage und unaufhörlich studiere, sehen Sie es an und überzeugen Sie sich, daß ich die Sache gründlich und gescheit beginne und keinesweges als ein Unerfahrner erscheinen werde, ungeachtet mir, wie ich gestehen will, das ganze weibliche Geschlecht bis dato fremd geblieben.«

Mit diesen Worten hatte der Geheime Kanzleisekretär ein kleines, in Pergament gebundenes Buch aus der Tasche gezogen und den Titel aufgeschlagen, welcher folgendermaßen lautete:

»Kurzer Entwurff der politischen Klugheit, sich selbst und andern in allen Menschlichen Gesellschafften wohl zu rathen und zu einer gescheiden Konduite zu gelangen; Allen Menschen, die sich klug zu seyn dünken, oder noch klug werden wollen, zu höchst nöthiger Bedürfniß und ungemeinem Nutzen, aus dem Lateinischen des Herrn *Thomasii* übersetzt. Nebst einem ausführlichen Register. Frankfurt und Leipzig. In Verlag Johann Großens Erben. 1710.«

»Bemerken Sie«, sprach Tusmann mit süßem Lächeln, »bemerken Sie, wie der würdige Autor im siebenten Kapitel, das lediglich vom Heiraten und von der Klugheit eines Hausvaters handelt, § 6 ausdrücklich sagt:

›Zum wenigsten soll man damit nicht eilen. Wer bei vollkommenem männlichen Alter heirathet, wird so viel klüger, weil er so viel weiser wird. Frühzeitige Heirathen machen unverschämte oder arglistige Leute und werffen sowohl des Leibes, als des Gemüths Kräffte übern Hauffen. Das männliche Alter ist zwar nicht ein Anfang der Jugend, dieselbe aber soll nicht eher, als mit demselben zugleich sich enden.‹

Und dann, was die Wahl des Gegenstandes betrifft, den man zu lieben und zu heiraten gesonnen, so sagt der vortreffliche Thomasius § 9:

›Die Mittelstraße ist die sicherste, man nehme keine allzu Schöne noch Häßliche, keine sehr Reiche noch sehr Arme, keine Vornehmere noch Geringere, sondern, die mit uns gleichen Standes ist, und so wird auch bey den meisten übrigen Eigenschafften die Mittelstraße zu treffen das Beste seyn.‹

Dem bin ich denn auch gefolgt und habe mit der anmutigen Person, die ich erwählet, nach dem Rat, den Herr Thomasius im § 17 erteilet, nicht nur einmal Konversation gepfleget, weil man durch Verstellung der Fehler und Annehmung von allerhand Scheintugenden leicht hintergangen werden kann, sondern zum öftern, da es denn unmöglich ist, sich gänzlich in die Länge zu bergen.«

»Aber«, sprach der Goldschmied, »aber mein werter Herr Tusmann, ebendieser Umgang oder, wie Sie es zu nennen belieben, diese Konversation mit den Weibern scheint mir, soll man nicht getäuscht werden auf schnöde Weise, langer Erfahrung und Übung zu bedürfen.«

»Auch hierin«, erwiderte Tusmann, »steht mir der große Thomasius zur Seite, indem er sattsam lehrt, wie eine vernünftige angenehme Konversation einzurichten und wie vorzüglich, konversiert man mit Frauenzimmern, dabei einiger Scherz auf liebliche Art einzumischen. Aber Scherzreden, sagt mein Autor im fünften Kapitel, soll man sich bedienen wie ein Koch des Salzes, ja selbst der spitzigen Redensarten wie eines Gewehrs, nicht andere damit anzutasten, sondern zu unserer Beschützung, ebenmäßig als ein Igel seine Stacheln zu brauchen pfleget. Und soll man dabei als ein kluger Mann auf die Gebärden fast noch mehr als auf die Worte regardieren, indem öfters das, was einer in Diskursen verbirget, durch Gebärden hervorbricht und die Worte gemeiniglich nicht so viel als die übrige Aufführung zu Erweckung Freund- oder Feindschaft vermögen.«

»Ich merk es schon«, nahm der Goldschmied das Wort, »man kommt Ihnen auf keine Weise bei, Sie sind gegen alles gewappnet und gerüstet. Wetten will ich daher auch, daß Sie durch Ihr Betragen die Liebe der von Ihnen erkornen Dame ganz und gar gewonnen.«

»Ich befleißige mich«, sprach Tusmann, »nach Thomasii Rat einer ehrerbietigen und freundlichen Gefälligkeit, denn diese ist sowohl das natürlichste Merkmal der Liebe als der natürlichste Zug und Erweckung der Gegenliebe, gleichwie das Hojanen oder Gähnen eine ganze Gesellschaft zur Nachahmung antreibt. Doch gehe ich in der allzu großen Ehrerbietung nicht zu weit, denn ich bedenke wohl, daß, wie Thomasius lehrt, die Weiber weder gute noch böse

Engel, sondern bloße Menschen und zwar, den Leibes- und Gemütskräften nach, schwächere Kreaturen sind als wir, welches der Unterschied des Geschlechts sattsam anzeiget.«

»Ein schwarz Jahr«, rief der Alte ergrimmt, »komme über Euch, daß Ihr läppisches Zeug schwatzt ohne Aufhören und mir die gute Stunde verderbt, in der ich hier mich zu erlaben gedachte nach vollbrachtem großen Werk!« –

»Schweigt nur, Alter«, sprach der Goldschmied mit erhöhter Stimme, »seid froh, daß wir Euch hier leiden; denn mit Euerm brutalen Wesen seid Ihr ein unangenehmer Gast, den man eigentlich hinauswerfen sollte. – Lassen Sie sich, wertester Herr Tusmann, durch den Alten nicht irren. Sie sind der alten Zeit hold, Sie lieben den Thomasius; was mich betrifft, so gehe ich noch viel weiter zurück, da ich nur auf *die* Zeit etwas gebe, der, wie Sie sehen, zum Teil meine Kleidung angehört. Ja, Verehrter, jene Zeit war wohl herrlicher als die jetzige, und aus ihr stammt noch jener schöne Zauber her, den Sie heute am alten Rathausturm geschaut haben.«

»Wie das, wertester Herr Professor?« fragte der Geheime Kanzleisekretär.

»Ei«, fuhr der Goldschmied fort, »damals gab es gar öfters fröhliche Hochzeit auf dem Rathause, und solche Hochzeiten sahen ein wenig anders aus als die jetzigen. – Nun! manche glückliche Braut blickte damals zum Fenster heraus, und so ist es ein anmutiger Spuk, wenn noch jetzt ein luftiges Gebilde das, was sich jetzt begeben wird, weissagt aus dem, was vor langer Zeit geschehen. Überhaupt muß ich bekennen, daß damals unser Berlin bei weitem lustiger und bunter sich ausnahm als jetzt, wo alles auf einerlei Weise ausgeprägt wird und man in der Langeweile selbst die Lust sucht und findet, sich zu langweilen. Da gab's Feste, andere Feste, als man sie jetzt ersinnen mag. Ich will nur daran denken, wie im Jahr eintausendfünfhundertundeinundachtzig zu Okuli in der Fasten der Kurfürst Augustus zu Sachsen mit seinem Gemahl und Sohne Christian von allen anwesenden Herrn herrlich und prächtig zu Kölln eingeholt wurde mit etlichen hundert Pferden. Und die Bürger beider Städte, Berlin und Kölln, samt den Spandauischen, standen zu beiden Seiten vom Köpenicker Tore bis zum Schlosse in vollständiger Rüstung. Tages darauf gab es ein stattliches Ringrennen, bei dem der Kurfürst zu Sachsen und Graf Jost zu Barby mit mehreren vom Adel aufzogen in goldener Kleidung, hohen goldnen Stirnhauben, an Schultern, Ellenbogen und Knien mit goldenen Löwenköpfen, sonst an Armen und Beinen mit fleischfarbener Seide, als wären sie bloß gewesen, angetan, wie man die heidnischen Kämpfer zu malen pflegt. Sänger und Instrumentisten saßen verborgen in einer goldenen Arche Noahs, und darauf ein kleiner Knabe, mit fleischfarbener Seide bekleidet, mit Flügeln, Bogen, Köcher und mit verbundenen Augen, wie der Cupido gemalt wird. Zwei andere Knaben, mit schönen weißen Straußfedern bekleidet, goldenen Augen und Schnäbeln wie Täubelein, führten die Arche, in welcher, wenn der Fürst gerannt und getroffen, die Musik ertönte. Darauf ließ man etliche Tauben aus der Arche, von denen sich eine auf die spitze Zobelmütze unsers gnädigen Herrn Kurfürsten setzte, mit den Flügeln schlug und eine welsche Arie zu singen begann, gar lieblich und viel schöner, als siebenzig Jahre später unser Hofsänger Bernhard Pasquino Grosso aus Mantua zu singen pflegte, wiewohl nicht so anmutig als zu jetziger Zeit unsere Theatersängerinnen, die freilich, zeigen sie ihre Kunst, besser plaziert sind als jenes Täubelein. Dann gab es ein Fußturnier, zu dem zog der Kurfürst von Sachsen mit dem Grafen von Barby in einem Schiffe auf, das war mit gelbem und schwarzem Zeuge bekleidet und hatte ein Segel von goldenem Zindel. Und es saß hinter dem Herrn der kleine Knabe, der Tages zuvor Cupido gewesen, mit einem langen bunten Rocke und spitzigem Hute von gelbem und schwarzem Zeuge und langem grauen Barte. Sänger und Instrumentisten waren ebenso gekleidet. Aber rings um das Schiff tanzten und sprangen viele Herren vom Adel her, mit Köpfen und Schwänzen von Lachsen, Heringen und andern lustigen Fischen angetan, welches sich gar anmutig ausnahm. Am Abend um die zehnte Stunde wurde ein schönes Feuerwerk angezündet, welches einige tausend Schüsse hatte, in der Gestalt einer viereckigen Festung mit Landsknechten besetzt, die alle voller Schüsse waren, und trieben die Büchsenmeister viel merkliche Possen mit Stechen und Fechten und ließen feurige Rosse und Männer, seltsame Vögel und andere Tiere in die Höhe fahren mit schrecklichem Gerassel und Geprassel. Das Feuerwerk dauerte an die zwei Stunden.« – Während der Goldschmied dies alles erzählte, gab der Geheime Kanzleisekretär alle Zeichen der innigsten Teilnahme, des höchsten Wohlgefallens von sich. Er rief mit feiner Stimme: »Ei – Oh – Ach« – dazwischen, schmunzelte, rieb sich die Hände, rutschte auf dem Stuhle hin und her und schlürfte dabei ein Glas Wein nach dem andern hinunter.

»Mein verehrtester Herr Professor«, rief er endlich im Falsett, den ihm die höchste Freude abzunötigen pflegte, »mein teuerster, verehrtester Herr Professor, was sind das für herrliche Dinge, von denen Sie so lebhaft zu erzählen belieben, als wären Sie selbst persönlich dabeigewesen.«

»Ei«, erwiderte der Goldschmied, »soll ich denn vielleicht nicht dabeigewesen sein?«

Tusmann wollte, den Sinn dieser verwunderlichen Rede nicht fassend, eben weiterfragen, als der Alte mürrisch zum Goldschmied sprach: »Vergeßt doch die schönsten Feste nicht, an denen sich die Berliner ergötzten in jener Zeit, die Ihr so hoch erhebt. Wie auf dem Neumarkt die Scheiterhaufen dampften und das Blut floß der unglücklichen Schlachtopfer, die, auf die entsetzlichste Weise gemartert, alles gestanden, was der tollste Wahn, der plumpste Aberglaube nur sich erträumen konnte.«

»Ach«, nahm der Geheime Kanzleisekretär das Wort, »ach, Sie meinen gewiß die schnöden Hexen- und Zauberprozesse, wie sie in alter Zeit stattfanden, mein bester Herr! – Ja, das war freilich ein schlimmes Ding, dem unsere schöne Aufklärung ein Ende gemacht hat.«

Der Goldschmied warf seltsame Blicke auf den Alten und auf Tusmann und fragte endlich mit geheimnisvollem Lächeln diesen: »Kennen Sie die Geschichte vom Münzjuden Lippold, wie sie sich im Jahr eintausendfünfhundertundzweiundsiebenzig zutrug?«

Noch ehe Tusmann antworten konnte, fuhr der Goldschmied weiter fort: »Großen Betruges und arger Schelmerei war der Münzjude Lippold angeklagt, der sonst das Vertrauen des Kurfürsten besaß, dem ganzen Münzwesen im Lande vorstand und allemal, wenn es not tat, gleich mit bedeutenden Summen bei der Hand war. Sei es aber nun, daß er sich gut auszureden wußte oder daß ihm andere Mittel zu Gebote standen, sich vor den Augen des Kurfürsten rein zu waschen von aller Schuld, oder daß, wie man damals sich auszudrücken pflegte, etzliche, die beim Herrn Tun und Lassen waren, mit der silbernen Büchse geschossen; genug, es war an dem, daß er als unschuldig loskommen sollte; er wurde nur noch in seinem kleinen, in der Stralauer Straße belegenen Hause von Bürgern bewacht. Da trug es sich zu, daß er sich mit seinem Weibe erzürnte und daß diese in zornigem Mute sprach: ›Wenn der gnädige Herr Kurfürst nur wüßte, was du für ein böser Schelm bist und was für Bubenstücke du mit deinem Zauberbuche kannst zuwege bringen, würdest du lange kalt sein.‹ Das wurde dem Kurfürsten berichtet, der ließ strenge nachforschen in Lippolds Hause nach dem Zauberbuche, das man endlich fand und das, als es Leute, die dessen Verstand hatten, lasen, seine Schelmerei klar an den Tag brachte. Böse Künste hatte er getrieben, um den Herrn sich ganz zu eigen zu machen und das ganze Land zu beherrschen, und nur des Kurfürsten Gottseligkeit hatte dem satanischen Zauber widerstanden. Lippold wurde auf dem Neumarkt hingerichtet, als aber die Flammen seinen Körper und das Zauberbuch verzehrten, kam unter dem Gerüst eine große Maus hervor und lief ins Feuer. Viele Leute hielten die Maus für Lippolds Zauberteufel.«

Während der Goldschmied dies erzählte, hatte der Alte beide Arme auf den Tisch gestützt, die Hände vors Gesicht gehalten und gestöhnt und geächzt wie einer, der große unerträgliche Schmerzen leidet.

Der Geheime Kanzleisekretär schien dagegen nicht sonderlich auf des Goldschmieds Worte zu achten. Er war über die Maßen freundlich und in dem Augenblick von ganz andern Gedanken und Bildern erfüllt. Als nämlich der Goldschmied geendet, fragte er schmunzelnd mit süß lispelnder Stimme: »Aber sagen Sie mir nur, mein allerwertester hochverehrtester Herr Professor, war denn das wirklich die Demoiselle Albertine Voßwinkel, die aus dem verfallenen Fenster des Rathausturmes mit ihren schönen Augen auf uns herniederblickte?«

»Was«, fuhr ihn der Goldschmied wild an, »was haben Sie mit der Albertine Voßwinkel?«

»Nun«, erwiderte Tusmann kleinlaut, »nun, du mein lieber Himmel, das ist ja eben diejenige holde Dame, die ich zu lieben und zu heiraten unternommen.«

»Herr«, rief nun der Goldschmied, blutrot im ganzen Gesicht und glühenden Zorn in den feuersprühenden Augen, »Herr, ich glaube, Sie sind vom Teufel besessen oder total wahnsinnig! Sie wollen die schöne blutjunge Albertine Voßwinkel heiraten? Sie alter, abgelebter, armseliger Pedant? Sie, der Sie mit all Ihrer Schulgelehrsamkeit, mitsamt Ihrer aus dem Thomasius geschöpften politischen Klugheit nicht drei Schritt über Ihre eigne Nase wegsehen können? – Solche Gedanken lassen Sie sich nur vergehen, sonst könnte Ihnen noch in dieser Äquinoktialnacht das Genick gebrochen werden.«

Der Geheime Kanzleisekretär war sonst ein sanfter friedfertiger, ja furchtsamer Mann, der niemanden, wurde er auch angegriffen, ein hartes Wort sagen konnte. Zu schnöde waren aber wohl des Goldschmieds Worte, und kam noch hinzu, daß Tusmann mehr starken Wein, als er gewohnt, getrunken hatte, so konnt es nicht fehlen, daß er, wie sonst niemals, zornig auffuhr und mit gellender Stimme rief: »Ich weiß gar nicht, wie Sie mir vorkommen, mein unbekannter Herr Goldschmied, was Sie berechtigt, mir so zu begegnen? – Ich glaube gar, Sie wollen mich äffen durch allerhand kindische Künste und vermessen sich, die Demoiselle Albertine Voßwinkel selbst lieben zu wollen, und haben die Dame porträtiert auf Glas und mir mittelst einer Laterna magica, die Sie unter dem Mantel verborgen, das angenehme Bildnis gezeigt am Rathausturm! – O mein Herr, auch ich verstehe mich auf solche Dinge, und Sie verfehlen den Weg, wenn Sie glauben, mich durch Ihre Künste, durch Ihre groben Redensarten einzuschüchtern!« –

»Nehmen Sie sich in acht«, sprach nun der Goldschmied gelassen und sonderbar lächelnd, »nehmen Sie sich in acht, Tusmann, Sie haben es hier mit kuriosen Leuten zu tun.«

Aber in dem Augenblick grinste statt des Goldschmieds ein abscheuliches Fuchsgesicht den Geheimen Kanzleisekretär an, der, von dem tiefsten Entsetzen erfaßt, zurücksank in den Sessel.

Der Alte schien sich über des Goldschmieds Verwandlung weiter gar nicht zu verwundern, vielmehr hatte er auf einmal sein mürrisches Wesen ganz verloren und rief lachend: »Sehen Sie doch, welch hübscher Spaß; – aber das sind brotlose Künste, da weiß ich Besseres und vermag Dinge, die dir stets zu hoch geblieben sind, Leonhard.«

»Laß doch sehen«, sprach der Goldschmied, der nun wieder sein menschliches Gesicht angenommen, sich ruhig an den Tisch setzend, »laß doch sehen, was du kannst.«

Der Alte holte einen großen schwarzen Rettich aus der Tasche, putzte und schälte ihn mit einem kleinen Messer, das er ebenfalls hervorgezogen, sauber ab, zerschnitt ihn in dünne Scheiben und legte diese auf den Tisch.

Aber sowie er mit geballter Faust auf eine Rettichscheibe schlug, sprang klappernd ein schön ausgeprägtes flimmerndes Goldstück hervor, das er faßte und dem Goldschmied zuwarf. Doch sowie dieser das Goldstück auffing, zerstäubte es in tausend knisternde Funken. Das schien den Alten zu ärgern, immer rascher und stärker prägte er die Rettichscheiben aus, immer prasselnder zersprangen sie in des Goldschmieds Hand.

Der Geheime Kanzleisekretär war ganz außer sich, betäubt von Entsetzen und Angst; endlich raffte er sich mit Gewalt auf aus der Ohnmacht, der er nahe war, und sprach mit bebender Stimme: »Da will ich mich doch den hochzuverehrenden Herren lieber ganz gehorsamst empfehlen«, sprang alsbald, nachdem er Hut und Stock ergriffen, schnell zur Türe heraus.

Auf der Straße hörte er, wie die beiden Unheimlichen hinter ihm her eine gellende Lache aufschlugen, vor der ihm das Blut in den Adern gefror.

Zweites Kapitel

Worin erzählt wird, wie eines Zigarros halber, der nicht brennen wollte, sich ein Liebesverständnis erschloß, nachdem die Verliebten schon früher mit den Köpfen aneinandergerannt

Auf weniger verfängliche Weise als der Geheime Kanzleisekretär Tusmann hatte der junge Maler Edmund Lehsen die Bekanntschaft des alten wunderlichen Goldschmieds Leonhard gemacht.

Edmund entwarf gerade an einer einsamen Stelle des Tiergartens eine schöne Baumgruppe nach der Natur, als Leonhard zu ihm trat und ohne Umstände ihm über die Schulter ins Blatt hineinsah. Edmund ließ sich gar nicht stören, sondern zeichnete emsig fort, bis der Goldschmied rief: »Das ist ja eine ganz sonderbare Zeichnung, lieber junger Mann, das werden ja am Ende keine Bäume, das wird ja ganz etwas anders.«

»Merken Sie etwas, mein Herr?« sprach Edmund mit leuchtenden Blicken. »Nun«, fuhr der Goldschmied fort, »ich meine, aus den dicken Blättern da guckten allerlei Gestalten heraus im buntesten Wechsel, bald Genien, bald seltsame Tiere, bald Jungfrauen, bald Blumen. Und doch sollte das Ganze wohl nur sich zu jener Baumgruppe uns gegenüber gestalten, durch die die Strahlen der Abendsonne so lieblich funkeln.«

»Ei, mein Herr«, rief Edmund, »Sie haben entweder einen gar tiefen Sinn, ein durchschauendes Auge für dergleichen, oder ich war in diesen Augenblicken glücklicher im Darstellen meiner innersten Empfindung als jemals. Ist es Ihnen nicht auch so, wenn Sie sich in der Natur ganz Ihrem sehnsüchtigen Gefühl überlassen, als schauten durch die Bäume, durch das Gebüsch allerlei wunderbare Gestalten Sie mit holden Augen an? – Das war es, was ich in dieser Zeichnung recht versinnlichen wollte, und ich merke, es ist mir gelungen.«

»Ich verstehe«, sprach Leonhard etwas kalt und trocken, »Sie wollten, frei von allem eigentlichen Studium, sich Rast geben und in einem anmutigen Spiel Ihrer Phantasie sich erheitern und erkräftigen.«

»Keinesweges, mein Herr!« erwiderte Edmund, »gerade diese Art, nach der Natur zu zeichnen, halte ich für mein bestes, nutzenvollstes Studieren. Aus solchen Studien trag ich das wahrhaft Poetische, Phantastische in die Landschaft. Dichter muß der Landschaftsmaler ebensogut sein als der Geschichtstmaler, sonst bleibt er ewig ein Stümper.«

»Hilf Himmel«, rief Leonhard, »auch Sie, lieber Edmund Lehsen« –

»Wie«, unterbrach Edmund den Goldschmied, »wie, Sie kennen mich, mein Herr!«

»Warum«, erwiderte Leonhard, »soll ich Sie denn nicht kennen? – Ich machte Ihre erste werte Bekanntschaft in einem Augenblick, auf den Sie sich wahrscheinlich nicht sehr deutlich besinnen werden, nämlich, als Sie soeben geboren waren. Für die wenige Welterfahrung, die Sie damals besitzen konnten, hatten Sie sich überaus sittig und klug betragen, Ihrer Frau Mama ungemein wenig Mühe gemacht und sogleich ein sehr wohlklingendes Freudengeschrei erhoben, auch heftig ans Tageslicht verlangt, das man Ihnen nach meinem Rat nicht verweigern durfte, da nach dem Ausspruch der neuesten Ärzte dieses den neugebornen Kindern nicht nur keinesweges schadet, sondern vielmehr wohltätig auf ihren Verstand, auf ihre physischen Kräfte überhaupt wirkt. Ihr Herr Papa war auch dermaßen fröhlich, daß er auf einem Beine im Zimmer herumhopste und aus der ›Zauberflöte‹ sang: ›Bei Männern, welche Liebe fühlen etc.‹ Nachher gab er mir Ihre kleine Person in die Hände und bat mich, Ihr Horoskop zu stellen, welches ich auch tat. Dann kam ich noch öfters in Ihres Vaters Haus, und Sie verschmähten nicht, manche Tüte Rosinen und Mandeln aufzunaschen, die ich Ihnen mitbrachte. Nachher ging ich auf Reisen, Sie mochten damals sechs oder acht Jahr alt sein. Dann kam ich hieher nach Berlin, sah Sie und vernahm mit Vergnügen, daß Ihr Vater Sie aus Müncheberg hieher geschickt, um die edle Malerkunst zu studieren, für welches Studium in Müncheberg eben nicht sonderlicher Fonds vorhanden an Bildern, Marmorn, Bronzen, Gemmen und andern bedeutenden Kunstschätzen. Ihre gute Vaterstadt kann sich darin nicht mit Rom, Florenz oder Dresden messen, wie vielleicht künftig Berlin, wenn funkelnagelneue Antiken aus der Tiber gefischt und hieher transportiert werden.« –

»Mein Gott«, sprach Edmund, »jetzt gehen mir alle Erinnerungen aus meiner frühesten Jugend lebhaft auf. Sind Sie nicht Herr Leonhard?«

»Allerdings«, erwiderte der Goldschmied, »heiße ich Leonhard und nicht anders, indessen möcht es mich doch wundern, wenn Sie sich aus so früher Zeit meiner noch erinnern sollten.«

»Und doch«, fuhr Edmund fort, »ist es der Fall. Ich weiß, daß ich mich jedesmal, wenn Sie in meines Vaters Hause erschienen, sehr freute, weil Sie mir allerlei Näschereien mitbrachten und sich überhaupt viel mit mir abgaben, und dabei verließ mich nicht eine scheue Ehrfurcht, ja eine gewisse Angst und Beklommenheit, die oft noch fortdauerte, wenn Sie schon weggegangen waren. Aber noch mehr sind es die Erzählungen meines Vaters von Ihnen, die Ihr Andenken in meiner Seele frisch erhalten haben. Er rühmte sich Ihrer Freundschaft, da Sie ihn mit besonderer Gewandtheit aus allerlei verdrießlichen Vorfällen und Verwickelungen, wie sie im Leben wohl vorkommen, glücklich gerettet hatten. Mit Begeisterung sprach er aber davon, wie Sie in die tiefen geheimen Wissenschaften eingedrungen, über manche verborgene Naturkraft geböten nach Willkür, und manchmal – verzeihen Sie – gab er nicht undeutlich zu verstehen, Sie wären wohl am Ende, das Ding bei Lichte besehen, Ahasverus, der ewige Jude!« –

»Warum nicht gar der Rattenfänger von Hameln oder der alte Überall und Nirgends oder das Petermännchen oder sonst ein Kobold«, unterbrach der Goldschmied den Jüngling; »aber wahr mag es sein, und ich will es gar nicht leugnen, daß es mit mir eine gewisse eigene Bewandtnis hat, von der ich nicht sprechen darf, ohne Ärgernis zu erregen. Ihrem Herrn Papa habe ich in der Tat viel Gutes erzeigt durch meine geheimen Künste; vorzüglich erfreute ihn gar sehr das Horoskop, das ich Ihnen stellte nach Ihrer Geburt.«

»Nun«, sprach der Jüngling, indem hohe Röte seine Wangen überflog, »nun, mit dem Horoskop war es eben nicht so sehr erfreulich. Mein Vater hat es mir oft wiederholt, Ihr Ausspruch sei gewesen, es würde was Großes aus mir werden, entweder ein großer Künstler oder ein großer Narr. – Wenigstens hab ich es aber diesem

Ausspruch zu verdanken, daß mein Vater meiner Neigung zur Kunst freien Lauf ließ, und glauben Sie nicht, daß Ihr Horoskop zutreffen wird?«

»O ganz gewiß«, erwiderte der Goldschmied sehr kalt und gelassen, »es ist gar nicht daran zu zweifeln, denn Sie sind eben jetzt auf dem schönsten Wege, ein großer Narr zu werden.«

»Wie, mein Herr«, rief Edmund betroffen, »wie, mein Herr, Sie sagen mir das so geradezu ins Gesicht? Sie –«

»Es liegt«, fiel ihm der Goldschmied ins Wort, »nun gänzlich an dir, der schlimmen Alternative meines Horoskops zu entgehen und ein tüchtiger Künstler zu werden. Deine Zeichnungen, deine Entwürfe, verraten eine reiche lebendige Phantasie, eine rege Kraft des Ausdrucks, eine kecke Gewandtheit der Darstellung; auf diese Fundamente läßt sich ein wackeres Gebäude aufführen. Laß ab von aller modischen Überspanntheit und gib dich ganz hin dem ernsten Studium. Ich rühm es, daß du nach der Würde und Einfachheit der alten deutschen Maler trachtest, aber auch hier magst du sorglich die Klippe vermeiden, an der so viele scheitern. Es gehört wohl ein tiefes Gemüt, eine Seelenkraft, die der Erschlaffung der modernen Kunst zu widerstehen vermag, dazu, ganz aufzufassen den wahren Geist der alten deutschen Meister, ganz einzudringen in den Sinn ihrer Gebilde. Nur dann wird sich aus dem Innersten heraus der Funke entzünden und die wahre Begeisterung Werke schaffen, die ohne blinde Nachahmerei eines besseren Zeitalters würdig sind. Aber jetzt meinen die jungen Leute, wenn sie irgendein biblisches Bild mit klapperdürren Figuren, ellenlangen Gesichtern, steifen eckichten Gewändern und falscher Perspektive zusammenstoppeln, sie hätten gemalt in der Manier der alten deutschen hohen Meister. Solche geistestote Nachähmler mögen dem Bauerjungen zu vergleichen sein, der in der Kirche bei dem Vaterunser den Hut vor die Nase hielt, ohne es auswendig beten zu können, angebend, wisse er auch das Gebet nicht, so kenne er doch die Melodie davon.«

Der Goldschmied sprach noch viel Wahres und Schönes über die edle Kunst der Malerei und gab dem künstlerischen Edmund weise vortreffliche Lehren, so daß dieser, ganz durchdrungen, zuletzt fragte, wie es möglich sei, daß Leonhard so viel Kenntnis habe erwerben können, ohne selbst Maler zu sein, und daß er so im ver-

borgenen lebe, ohne sich Einfluß zu verschaffen auf die Kunstbe-
strebungen aller Art.

»Ich habe«, erwiderte der Goldschmied mit sehr mildem ernsten
Ton, »ich habe dir schon gesagt, daß eine lange, ja in der Tat sehr
wunderbar lange Erfahrung meinen Blick, mein Urteil geschärft hat.
Was aber meine Verborgenheit betrifft, so bin ich mir bewußt, daß
ich überall etwas seltsam auftreten würde, wie es nun einmal nicht
nur meine ganze Organisation, sondern auch das Gefühl einer ge-
wissen mir inwohnenden Macht gebietet, und dies könnte mein
ganzes ruhiges Leben hier in Berlin verstören. Ich gedenke noch
eines Mannes, der in gewisser Hinsicht mein Ahnherr sein könnte
und der mir so in Geist und Fleisch gewachsen ist, daß ich zuweilen
im seltsamen Wahn glaube, ich sei es eben selbst. Niemanden anders meine ich als jenen Schweizer Leonhard Turnhäuser zum
Thurm, der ums Jahr eintausendfünfhundertundzweiundachtzig
hier in Berlin am Hofe des Kurfürsten Johann George lebte. Damals
war, wie du wissen wirst, jeder Chemiker ein Alchimist und jeder
Astronom ein Astrolog genannt, und so mochte Turnhäuser auch
beides sein. So viel ist indessen gewiß, daß Turnhäuser die merk-
würdigsten Dinge zustande brachte und außerdem sich als tüchtiger Arzt bewies. Er hatte indessen den Fehler, seine Wissenschaft
überall geltend machen zu wollen, sich in alles zu mischen, überall
mit Rat und Tat bei der Hand zu sein. Das zog ihm Haß und Neid
zu, wie der Reiche, der mit seinem Reichtum, ist er auch wohl er-
worben, eitlen Prunk treibt, sich am ersten Feinde auf den Hals
zieht. Nun begab es sich, daß man dem Kurfürsten eingeredet hatte,
Turnhäuser vermöge Gold zu machen, und daß dieser, sei es nun,
weil er sich wirklich nicht darauf verstand oder weil andere Gründe
ihn dazu trieben, hartnäckig verweigerte zu laborieren. Da kamen
Turnhäusers Feinde und redeten zum Kurfürsten: ›Seht Ihr wohl,
was das für ein verschmitzter unverschämter Geselle ist? Er prahlt
mit Kenntnissen, die er nicht besitzt, und treibt allerlei zauberische
Possen und jüdische Händel, die er büßen sollte mit schmachvollem
Tode, wie der Jude Lippold.‹ Turnhäuser war sonst wirklich ein
Goldschmied gewesen, das kam heraus, und nun bestritt man ihm
vollends alle Wissenschaft, die er doch sattsam an den Tag gelegt.
Man behauptete sogar, daß er all die scharfsinnigen Schriften, die
bedeutungsvollen Prognostika, die er herausgegeben, nicht selbst

verfertigt, sondern sich habe machen lassen von andern Leuten um bares Geld. Genug, Haß, Neid, Verleumdung brachten es dahin, daß er, um dem Schicksal des Juden Lippold zu entgehen, in aller Stille Berlin und die Mark verlassen mußte. Da schrien die Widersacher, er habe sich zum päpstischen Haufen begeben, das ist aber nicht wahr. Er ging nach Sachsen und trieb sein Goldschmiedshandwerk, ohne der Wissenschaft zu entsagen.« –

Edmund fühlte sich auf wunderbare Weise zu dem alten Goldschmied hingezogen, und dieser lohnte ihm das ehrfurchtsvolle Vertrauen, wie er es gegen ihn äußerte, dadurch, daß er nicht allein in seinem Kunststudium sein strenger, aber tief belehrender Kritiker blieb, sondern ihm auch in Ansehung der Bereitung und Mischung der Farben gewisse Geheimnisse, die den alten Malern zu Gebote standen, entdeckte, welche sich in der Ausführung auf das herrlichste bewährten.

So bildete sich nun zwischen Edmund und dem alten Leonhard das Verhältnis, in dem der hoffnungsvolle geliebte Zögling mit dem väterlichen Lehrer und Freunde steht.

Bald darauf begab es sich, daß an einem schönen Sommerabende bei dem »Hofjäger« im Tiergarten dem Kommissionsrat Herrn Melchior Voßwinkel kein einziger von den mitgebrachten Zigarren brennen wollte. Sie hatten sämtlich keine Luft. Mit steigendem Unwillen warf der Komissionsrat einen nach dem andern an die Erde und rief zuletzt: »O Gott, hab ich darum mit vieler Mühe und nicht unbedeutenden Kosten Zigarren direkte aus Hamburg verschrieben, damit mich die schmählichen Dinger in meiner besten Lust stören sollten? – Kann ich jetzt wohl auf vernünftige Weise die schöne Natur genießen und einen nützlichen Diskurs führen? – Es ist doch entsetzlich!« Er hatte diese Worte gewissermaßen an Edmund Lehsen gerichtet, der neben ihm stand und dessen Zigarro ganz fröhlich dampfte.

Edmund, ohne den Kommissionsrat weiter zu kennen, zog sogleich seine gefüllte Zigarrenbüchse hervor und reichte sie freundlich dem Verzweifelnden hin, mit der Bitte zuzulangen, da er für die Güte und Brennbarkeit der Zigarren einstehe, ungeachtet er sie nicht direkte von Hamburg bekommen, sondern aus einem Laden in der Friedrichsstraße erkauft habe.

Der Kommissionsrat, ganz Freude und Fröhlichkeit, langte mit einem »Bitt ganz ergebenst« wirklich zu, und als nur, kaum mit dem brennenden Fidibus berührt, die feinen lichtgrauen Wolken aus dem angenehmen Glimmstengel oder Tabaksröhrlein, wie die Puristen den Zigarro benannt haben wollen, sich emporkräuselten, rief der Mann ganz entzückt: »O mein wertester Herr, Sie reißen mich wirklich aus arger Verlegenheit! – Tausend Dank dafür, und beinahe möcht ich unverschämt genug sein, Sie, wenn dieser Zigarro verraucht, um einen zweiten zu bitten.«

Edmund versicherte, daß er über seine Zigarrenbüchse gebieten könne, und beide trennten sich dann.

Als nun aber, da es schon ein wenig zu dämmern begann, Edmund, den Entwurf eines Bildes im Kopfe, mithin ziemlich abwesend und die bunte Gesellschaft nicht beachtend, sich durch Tische und Stühle drängte, um ins Freie zu kommen, stand plötzlich der Kommissionsrat wieder vor ihm und fragte sehr freundlich, ob er nicht an seinem Tisch Platz nehmen wolle. Im Begriff, es auszuschlagen, weil er sich hinaussehnte in den Wald, fiel ihm ein Mädchen ins Auge, das, die Jugend, Anmut, der Liebreiz selbst, an dem Tische saß, von dem der Kommissionsrat aufgestanden war.

»Meine Tochter Albertine«, sprach der Kommissionsrat zu Edmund, der regungslos das Mädchen anstarrte und beinahe vergaß, sie zu begrüßen. Er erkannte auf den ersten Blick in Albertinen das bildschöne, mit der höchsten Eleganz gekleidete Frauenzimmer wieder, das er in der vorjährigen Kunstausstellung vor einer von seinen Zeichnungen antraf. Sie erklärte mit Scharfsinn der ältern Frau und den beiden jungen Mädchen, die mit ihr gekommen, den Sinn des phantastischen Gebildes, sie ging ein auf Zeichnung, Gruppierung, sie rühmte den Meister, der das Werk geschaffen, und bemerkte, daß es ein sehr junger hoffnungsvoller Künstler sein solle, den sie wohl kennenzulernen wünsche. Edmund stand dicht hinter ihr und sog begierig das Lob ein, das von den schönsten Lippen floß. Vor lauter süßer Angst und bangem Herzklopfen vermochte er es nicht über sich, hervorzutreten als Schöpfer des Bildes. – Da läßt Albertine den Handschuh, den sie eben von der Hand gezogen, auf die Erde fallen; schnell bückt sich Edmund, ihn aufzuheben, Albertine ebenfalls, beide fahren mit den Köpfen zusammen, daß es knackt und kracht! – »Herr Gott im Himmel«, ruft Albertine, vor Schmerz sich den Kopf haltend.

Entsetzt prallt Edmund zurück, tritt bei dem ersten Schritt den kleinen Mops der alten Dame wund, daß er laut aufquiekt, bei dem zweiten einem podagrischen Professor auf die Füße, der ein furchtbares Gebrülle erhebt und den unglücklichen Edmund zu allen tausend Teufeln in die flammende Hölle wünscht. Und aus allen Sälen laufen die Menschen herbei, und alle Lorgnetten sind auf den armen Edmund gerichtet, der unter dem trostlosen Wimmern des wunden Mopses, unter dem Fluchen des Professors, unter dem Schelten der alten Dame, unter dem Kichern und Lachen der Mädchen, über und über glühend vor Scham, ganz verzweifelt herausstürzt, während mehrere Frauenzimmer ihre Riechfläschchen öffnen und Albertinen die hoch aufgelaufene Stirn mit starkem Wasser reiben. –

Schon damals, in dem kritischen Augenblick des lächerlichen Auftritts, war Edmund, ohne doch dessen sich selbst deutlich bewußt zu sein, in Liebe gekommen, und nur das schmerzliche Gefühl seiner Tölpelei hielt ihn zurück, das Mädchen an allen Ecken und Enden der Stadt aufzusuchen. Er konnte sich Albertinen nicht anders denken als mit roter wunder Stirn und den bittersten Vorwurf, den entschiedensten Zorn im Gesicht, im ganzen Wesen.

Davon war aber heute nicht die mindeste Spur anzutreffen. Zwar errötete Albertine über und über, als sie den Jüngling erblickte, und schien ebensosehr außer Fassung; als aber der Kommissionsrat ihn um Stand und Namen fragte, fiel sie holdlächelnd mit süßer Stimme ein, daß sie sehr irren müßte, wenn sie nicht Herrn Lehsen vor sich sähe, den vortrefflichen Künstler, dessen Zeichnungen, dessen Gemälde ihr tiefstes Gemüt ergriffen.

Man kann denken, daß diese Worte Edmunds Inneres zündend durchfuhren wie ein elektrischer Schlag. Begeistert wollte er ausbrechen in die vortrefflichsten Redensarten, der Kommissionsrat ließ es aber nicht dazu kommen, sondern drückte den Jüngling stürmisch an die Brust und sprach: »Bester! um den versprochenen Zigarro!« – Und dann weiter, während er den Zigarro, den ihm Edmund darbot, geschickt mit dem Brennstoff, der noch in der Asche des eben verrauchten enthalten, anzündete: »Also ein Maler sind Sie, und zwar ein vortrefflicher, wie meine Tochter Albertine behauptet, die sich auf dergleichen Dinge genau versteht. – Nun, das freut mich außerordentlich, ich liebe die Malerei oder, um mit meiner Tochter Albertine zu reden, die Kunst überhaupt ganz ungemein, ich habe einen wahren Narren daran gefressen! – bin auch Kenner – ja wahrhaftig, ein tüchtiger Kenner von Gemälden, mir kann ebensowenig als meiner Tochter Albertine jemand ein X vor ein U machen, wir haben Augen – wir haben Augen! – Sagen Sie mir, teurer Maler, sagen Sie mir's ehrlich ohne Scheu, nicht wahr, Sie sind der wackre Künstler, vor dessen Gemälden ich täglich vorbeigehe und jedesmal stehenbleibe wohl einige Minuten lang, weil ich vor lauter Freude über die schönen Farben gar nicht loskommen kann?«

Edmund begriff nicht recht, wie es der Kommissionsrat anstellen sollte, täglich bei seinen Gemälden vorüberzugehen, da er sich nicht erinnern konnte, jemals Aushängeschilder gemalt zu haben. Nach einigem Hinundherfragen kam es aber heraus, daß Melchior Voßwinkel nichts anders meinte als die lackierten Teebretter, Ofenschirme und dergleichen in dem Stobwasserschen Laden Unter den Linden, die er in der Tat jeden Morgen um eilf Uhr, wenn er bei Sala Tarone vier Sardellen gegessen und ein Gläschen Danziger genommen, mit wahrem Entzücken betrachtete. Diese Kunstfabrikate galten ihm für das Höchste, was jemals die Kunst geleistet. – Das verschnupfte den Edmund nicht wenig, er verwünschte den Kommissionsrat, der mit seinem faden Wortschwall ihm jede Annäherung an Albertinen unmöglich machte.

Endlich erschien ein Bekannter des Kommissionsrats, der ihn in ein Gespräch zog. Diesen Moment nutzte Edmund und setzte sich hin dicht neben Albertinen, die das gar gern zu sehen schien.

Jeder, der die Demoiselle Albertine Voßwinkel kennt, weiß, daß sie, wie gesagt, die Jugend, Schönheit und Anmut selbst ist, daß sie sich, wie die Berliner Mädchen überhaupt, nach der besten Mode sehr geschmackvoll zu kleiden weiß, daß sie in der Zelterschen Akademie singt, von Herrn Lauska Unterricht auf dem Fortepiano erhält, in den niedlichsten Sprüngen der ersten Tänzerin nachtanzt, schon eine schön gestickte Tulpe nebst diversen Vergißmeinnicht und Veilchen zur Kunstausstellung geliefert hat und, von Natur heitern aufgeweckten Temperaments, doch, zumal beim Tee, genügende Empfindsamkeit an den Tag legen kann. Jeder weiß auch endlich, daß sie mit niedlicher, sauberer Perlschrift Gedichte und Sentenzen, die ihr in Goethes, Jean Pauls und anderer geistreicher Männer und Frauen Schriften vorzüglich wohlgefallen, in ein Büchlein mit einem goldverzierten Maroquindeckel einträgt und das Mir und Mich, Sie und Ihnen niemals verwechselt.

Wohl war es natürlich, daß Albertine an der Seite des jungen Malers, dem das Entzücken der scheuen Liebe aus dem Herzen strömte, in noch höhere als in die gewöhnliche Tee- und Vorlese-Empfindsamkeit geraten mußte und daß sie daher von Kindlichkeit, poetischem Gemüt, Lebenstiefe u. dgl. auf die artigste Weise melodisch lispelnd sprach.

Der Abendwind hatte sich erhoben und wehte süße Blütendüfte vor sich her, und im dichten dunkeln Gebüsch duettierten zwei Nachtigallen in den zärtlichsten Liebesklagen. Da begann Albertine aus Fouqués Gedichten:

»Ein Flüstern, Rauschen, Klingen
Geht durch den Frühlingshain,
Fängt wie mit Liebesschlingen
Geist, Sinn und Leben ein!«

Kühner geworden in der tiefen Dämmerung, die nun eingebrochen, faßte Edmund Albertinens Hand, drückte sie an seine Brust und sprach weiter:

»Säng ich es nach, was leise
Solch stilles Leben spricht,
So schien aus meiner Weise
Das ew'ge Liebeslicht.« –

Albertine entzog ihm ihre Hand, aber nur, um sie von dem feinen Glacéhandschuh zu befreien und dann dem Glücklichen wieder zu überlassen, der sie eben feurig küssen wollte, als der Kommissionsrat dazwischenfuhr: »Potztausend, das wird kühl! - Ich wollte, ich hätt einen Mantel oder einen Überrock zu mir gesteckt, oder mit mir genommen, will ich vielmehr sagen. Hülle dich in deinen Shawl,

Tinchen, – es ist ein türkischer, bester Maler, und kostet 50 bare Dukaten. – Hülle dich wohl ein, sag ich, Tinchen, wir wollen uns auf den Weg machen. Leben Sie wohl, mein Bester.« –

Von einem richtigen Takt getrieben, griff in diesem Augenblick Edmund nach der Zigarrenbüchse und bot dem Kommissionsrat den dritten Glimmstengel an.

»Oh, ich bitte ganz gehorsamst«, rief Voßwinkel, »Sie sind ja ein überaus artiger gefälliger Mann. Die Polizei will nicht erlauben, daß man im Tiergarten wandelnd rauche, damit man das schöne Gras nicht versenge; aber deshalb schmeckt ein Pfeifchen oder ein Zigarro nur desto schöner.«

In dem Augenblick, als der Kommissionsrat sich der Laterne nahte, um den Zigarro anzuzünden, bat Edmund leise und scheu, Albertinen nach Hause begleiten zu dürfen. Sie nahm seinen Arm, beide schritten vor, und der Kommissionsrat schien, als er hinantrat, es vorausgesetzt zu haben, daß Edmund mit ihnen nach der Stadt gehen würde.

Jeder, der jung war und verliebt oder beides noch ist (manchem passiert das niemals), wird es sich einbilden können, daß es dem Edmund an Albertinens Seite dünkte, er gehe nicht durch den Wald, sondern schwebe hoch über den Bäumen im schimmernden Gewölk mit der Schönsten daher. –

Nach Rosalindens Ausspruch in Shakespeares »Wie es Euch gefällt« sind die Kennzeichen eines Verliebten: eingefallene Wangen, Augen mit blauen Rändern, ein gleichgültiger Sinn, ein verwilderter Bart, lose hängende Kniegürtel, eine ungebundene Mütze, aufgeknüpfte Ärmel, nicht zugeschnürte Schuhe und eine nachlässige Trostlosigkeit in allem Tun und Lassen. Dies alles traf nun zwar bei Edmund ebensowenig zu als bei dem verliebten Orlando, aber so wie dieser die junge Baumzucht ruinierte, indem er den Namen Rosalinde in alle Rinden grub, Oden an Weißdornen hing und Elegien an die Brombeersträuche, so verdarb Edmund eine Menge Papier, Pergament, Leinwand und Farben, seine Geliebte in hinlänglich schlechten Versen zu besingen und sie zu zeichnen, zu malen, ohne sie jemals zu treffen, da seine Phantasie seine Kunstfertigkeit überflügelte. Kam nun noch der seltsam somnambule Blick des Liebeskranken und ein erkleckliches Seufzen zu jeder Zeit und

Stunde hinzu, so konnte es nicht fehlen, daß der alte Goldschmied den Zustand seines jungen Freundes sehr bald erriet. Als er ihn darüber befragte, nahm Edmund gar keinen Anstand, ihm sein ganzes Herz zu erschließen.

»Ei«, rief Leonhard, als Edmund geendet, »ei, du denkst wohl nicht daran, daß es ein schlimmes Ding ist, sich in eine Braut zu verlieben: Albertine Voßwinkel ist so gut wie versprochen an den Geheimen Kanzleisekretär Tusmann.«

Edmund geriet über diese entsetzliche Nachricht sogleich in ganz ungemeine Verzweiflung. Leonhard wartete sehr ruhig den ersten Paroxismus ab und fragte dann, ob er wirklich die Demoiselle Albertine Voßwinkel zu heiraten gedenke. Edmund versicherte, daß die Verbindung mit Albertinen der höchste Wunsch seines Lebens sei, und beschwor den Alten, ihm beizustehen mit aller Kraft, um den Geheimen Kanzleisekretär aus dem Felde zu schlagen und die Schönste für sich zu gewinnen.

Der Goldschmied meinte, verlieben könne ein blutjunger Künstler sich wohl, aber ganz unersprießlich sei es für denselben, wenn er gleich ans Heiraten dächte. Eben deshalb habe auch der junge Sternbald zur Heirat sich durchaus nicht bequemen wollen, und er sei, soviel er wisse, bis dato unverheiratet geblieben.

Der Stich traf; denn Tiecks »Sternbald« war Edmunds Lieblingsbuch, und er wäre gar zu gern selbst der Held des Romans gewesen. Daher kam es denn, daß er ein gar betrübtes Gesicht schnitt und beinahe ausgebrochen wäre in herbe Tränen.

»Nun«, sprach der Goldschmied, »mag es kommen, wie es will, den Geheimen Kanzleisekretär schaff ich dir vom Halse; in das Haus des Kommissionsrats auf diese oder jene Weise zu dringen und dich Albertinen mehr und mehr anzunähern, das ist deine Sache. Übrigens können meine Operationen gegen den Geheimen Kanzleisekretär erst in der Äquinoktialnacht beginnen.«

Edmund war über des Goldschmieds Zusicherung außer sich vor Freuden, denn er wußte, daß der Alte Wort hielt, wenn er etwas versprach.

Auf welche Weise der Goldschmied seine Operationen gegen den Geheimen Kanzleisekretär begann, hat der geneigte Leser bereits im ersten Kapitel erfahren.

Drittes Kapitel

Enthält das Signalement des Geheimen Kanzleisekretärs Tusmann sowie die Ursache, warum derselbe vom Pferde des Großen Kurfürsten herabsteigen mußte, nebst andern lesenswerten Dingen

Eben aus dem allen, was du, mein sehr günstiger Leser, über den Geheimen Kanzleisekretär Tusmann bereits erfahren, magst du den Mann wohl ganz und gar vor Augen haben nach seinem ganzen Sinn und Wesen. Doch will ich, was sein Äußeres betrifft, noch nachbringen, daß er von kleiner Statur war, kahlköpfig, etwas krummbeinig und ziemlich grotesk im Anzuge. Zu einem altväterisch zugeschnittenen Rock mit unendlich langen Schößen und einem überlangen Gilet trug er lange weite Beinkleider und Schuhe, die aber im Gehen den Klang von Kurierstiefeln von sich gaben, wobei zu bemerken, daß er nie gemessenen Schrittes über die Straße ging, vielmehr in großen unregelmäßigen Sprüngen mit unglaublicher Schnelligkeit forthüpfte, so daß oben besagte Schöße, vom Winde erfaßt, sich ausbreiteten wie ein Paar Flügel. Ungeachtet in seinem Gesicht etwas unbeschreiblich Drolliges lag, so mußte das sehr gutmütige Lächeln, das um seinen Mund spielte, doch jeden für ihn einnehmen, so daß man ihn liebgewann, während man über seine Pedanterie, über sein linkisches Benehmen, das ihn der Welt entfremdete, von Herzen lachte. Seine Hauptleidenschaft war – Lesen! – Er ging nie aus, ohne beide Rocktaschen voll Bücher gestopft zu haben. Er las, wo er ging und stand, auf dem Spaziergange, in der Kirche, in dem Kaffeehause, er las ohne Auswahl alles, was ihm vorkam, wiewohl nur aus der ältern Zeit, da ihm das Neue verhaßt war. So studierte er heute auf dem Kaffeehause ein algebraisches Buch, morgen das Kavallerieregiment Friedrich Wilhelms des Ersten und dann das merkwürdige Buch »Cicero, als großer Windbeutel und Rabulist dargestellt in zehn Reden« aus dem Jahre 1720. Dabei war Tusmann mit einem ungeheuren Gedächtnisvermögen begabt. Er pflegte alles, was ihm bei dem Lesen eines Buches auffiel, zu zeichnen und dann das Gezeichnete wieder zu durchlaufen, welches er nun nie wieder vergaß. Daher kam es, daß Tusmann ein Polyhistor, ein lebendiges Konversationslexikon wurde, das man aufschlug, wenn es auf irgendeine historische oder wissenschaftliche Notiz ankam. Traf es sich ja etwa einmal, daß er eine solche Notiz nicht auf der Stelle zu geben vermochte, so stöberte er so lange unermüdet in allen Bibliotheken umher, bis er das, was man zu wissen verlangte, aufgefunden, und rückte dann mit der verlangten Auskunft ganz fröhlich heran. Merkwürdig war es, daß er in Gesellschaft, lesend und scheinbar ganz in sein Buch vertieft, doch alles vernahm, was man sprach. Oft fuhr er mit einer Bemerkung dazwischen, die ganz an ihrem Orte stand, und wurde irgend etwas Witziges, Humoristisches vorgebracht, gab er, ohne von dem Buche aufzublicken, durch eine kurze Lache im höchsten Tenor seinen Beifall zu erkennen.

Der Kommissionsrat Voßwinkel war mit dem Geheimen Kanzleisekretär zusammen auf der Schule im Grauen Kloster gewesen, und von dieser Schulkameradschaft schrieb sich die enge Verbindung her, in welcher sie geblieben. Tusmann sah Albertinen aufwachsen und hatte ihr wirklich an ihrem zwölften Geburtstage, nachdem er ihr ein duftendes Blumenbukett, das der berühmteste Kunstgärtner in Berlin selbst mit Geschmack geordnet, überreicht, zum erstenmal die Hand geküßt mit einem Anstände, mit einer Galanterie, die man ihm gar nicht hätte zutrauen sollen. Von diesem Augenblick an entstand bei dem Kommissionsrat der Gedanke, daß sein Schulfreund wohl Albertinen heiraten könne. Er meinte, so würde Albertinens Verheiratung, die er wünschte, am wenigsten Umstände machen und der genügsame Tusmann sich auch mit einem geringen Heiratsgut abfinden lassen. Der Kommissionsrat war über die Maßen bequem, fürchtete sich vor jeder neuen Bekanntschaft und hielt dabei als Kommissionsrat das Geld viel mehr zu Rate als nötig. An Albertinens achtzehntem Geburtstage eröffnete er diesen Plan, den er so lange für sich behalten, dem Geheimen Kanzleisekretär. *Der* erschrak erst darüber gewaltig. Er vermochte den kühnen Gedanken, zur Ehe zu schreiten, und noch dazu mit einem blutjungen bildschönen Mädchen, gar nicht zu ertragen. Nach und nach gewöhnte er sich daran, und als ihm eines Tages auf des Kommissionsrats Veranlassung Albertine eine kleine Börse, die sie selbst in den anmutigsten Farben gestrickt, überreichte und ihn dabei mit »Lieber Herr Geheimer Kanzleisekretär« anredete, entzündete sich sein Inneres ganz und gar in Liebe zu der Holden. Er erklärte sofort insgeheim dem Kommissionsrat, daß er Albertinen zu heiraten gesonnen, und da dieser ihn als seinen Schwiegersohn umarmte, sah er sich als Albertinens Bräutigam an, wiewohl der kleine Umstand vielleicht noch zu berücksichtigen gewesen wäre, daß Albertine von dem ganzen Handel zur Zeit auch nicht ein Sterbenswörtchen wußte, ja wohl nicht gut eine Ahnung davon haben konnte.

Am frühsten Morgen, als in der Nacht vorher sich das seltsame Abenteuer am Rathausturme und in der Weinstube auf dem Alexanderplatz begeben, stürzte der Geheime Kanzleisekretär bleich und entstellt in des Kommissionsrats Zimmer. Der Kommissionsrat erschrak nicht wenig, da Tusmann noch niemals ihn um diese Zeit besucht hatte und sein ganzes Wesen irgendein unglückliches Ereignis zu verkünden schien.

»Geheimer!« (so pflegte der Kommissionsrat den Geheimen Kanzleisekretär abgekürzt zu benennen) »Geheimer! wo kommst du her? wie siehst du aus? was ist geschehen?«

So rief der Kommissionsrat, aber Tusmann warf sich erschöpft in den Lehnsessel, und erst nachdem er ein paar Minuten Atem geschöpft, begann er mit fein wimmernder Stimme:

»Kommissionsrat, wie du mich hier siehst in diesen Kleidern, mit der ›Politischen Klugheit‹ in der Tasche, komme ich her aus der Spandauer Straße, wo ich die ganze Nacht auf und ab gerannt seit gestern Punkt zwölf Uhr! – Nicht mit einem Schritt bin ich in mein Haus gekommen, kein Bette habe ich gesehen, kein Auge zugetan!« –

Und nun erzählte Tusmann dem Kommissionsrat genau, wie sich in der abgewichenen Nacht alles begeben von dem ersten Zusammentreffen mit dem fabelhaften Goldschmied an bis zu dem Augenblick, als er, entsetzt über das tolle Treiben der unheimlichen Schwarzkünstler, aus dem Weinhause herausstürzte.

»Geheimer«, rief der Kommissionsrat, »du hast deiner Gewohnheit zuwider starkes Getränk zu dir genommen am späten Abend und verfielst nachher in wunderliche Träume.«

»Was sprichst du«, erwiderte der Geheime Kanzleisekretär, »was sprichst du, Kommissionsrat? – Geschlafen, geträumt sollt ich haben? Meinst du, daß ich nicht wohl unterrichtet bin über den Schlaf und den Traum? Ich will dir's aus Nudows ›Theorie des Schlafes‹

beweisen, was Schlaf heißt und daß man schlafen kann, ohne zu träumen, weshalb denn auch der Prinz Hamlet sagt: ›Schlafen, *vielleicht* auch träumen.‹ Und was es mit dem Traume für eine Bewandtnis hat, würdest du ebensogut wissen als ich, wenn du das ›Somnium Scipionis‹ gelesen hättest und Artemidori berühmtes Werk von Träumen und das Frankfurter Traumbüchlein. Aber du liesest nichts, und daher schießest du fehl überall auf schnöde Weise.«

»Nun, nun, Geheimer«, nahm der Kommissionsrat das Wort, »ereifre dich nur nicht; ich will dir's schon glauben, daß du gestern dich bereden ließest, etwas über die Schnur zu hauen, und unter schadenfrohe Taschenspieler gerietest, die Unfug mit dir trieben, als der Wein dir zu sehr geschmeckt hatte. Aber sage mir, Geheimer, als du nun glücklich zur Türe heraus warest, warum in aller Welt gingst du nicht geradezu nach Hause, warum triebst du dich auf der Straße umher?«

»O Kommissionsrat«, lamentierte der Geheime Kanzleisekretär, »o teurer Kommissionsrat, getreuer Schulkamerad aus dem Grauen Kloster! – Insultiere mich nicht mit schnöden Zweifeln, sondern vernimm ruhig, daß der tolle unselige Teufelsspuk erst recht losging, da ich mich auf der Straße befand. Als ich nämlich an das Rathaus komme, bricht durch alle Fenster helles blendendes Kerzenlicht, und eine lustige Tanzmusik mit der Janitscharen- oder, richtiger gesprochen, Jenitscheriktrommel schallt herab. Ich weiß selbst nicht, wie es geschah, daß, ungeachtet ich mich nicht einer sonderlichen Größe erfreue, ich doch auf den Zehen mich so hoch aufzurichten vermochte, daß ich in die Fenster hineinschauen konnte. Was sehe ich! – O du gerechter Schöpfer im Himmel! – wen erblicke ich! – niemanden anders als deine Tochter, die Demoiselle Albertine Voßwinkel, welche im saubersten Brautschmuck mit einem jungen Menschen unmäßig walzt. Ich klopfe ans Fenster, ich rufe: ›Werteste Demoiselle Albertine Voßwinkel, was tun Sie, was beginnen Sie hier in später Nacht!‹ – Aber da kommt eine niederträchtige Menschenseele die Königsstraße herab, reißt mir im Vorbeigehen beide Beine unterm Leibe weg und rennt damit laut lachend spornstreichs fort. Ich armer Geheimer Kanzleisekretär plumpe nieder in den schnöden Gassenkot, ich schreie: ›Nachtwächter – hochlöbliche Polizei – verehrbare Patrouille – lauft herbei

– lauft herbei – haltet den Dieb, haltet den Dieb! er hat mir meine Beine gestohlen!‹ Aber oben im Rathause ist alles plötzlich still und finster geworden, und meine Stimme verhallt unvernommen in den Lüften! – Schon will ich verzweifeln, als der Mensch zurückkehrt und, wie rasend vorbeilaufend, mir meine Beine ins Gesicht wirft. Nun raffe ich mich, so schnell es in der totalen Bestürzung gehen will, vom Boden auf, renne in die Spandauer Straße hinein. Aber sowie ich, den herausgezogenen Hausschlüssel in der Hand, an meine Haustür gelange, stehe ich – ja, ich selbst – schon vor derselben und schaue mich wild an mit denselben großen schwarzen Augen, wie sie in meinem Kopf befindlich. Entsetzt pralle ich zurück und auf einen Mann zu, der mich mit starken Armen umfaßt. An dem Spieß, den er in der Hand trägt, gewahre ich, daß es der Nachtwächter ist. Getröstet spreche ich: ›Teurer Nachtwächter, Herzensmann, treiben Sie mir doch gefälligst den Filou von Geheimen Kanzleisekretär Tusmann dort von der Türe weg, damit der ehrliche Kanzleisekretär Tusmann, der ich selbst bin, in seine Wohnung hinein kann.‹ – ›Ich glaube, Ihr seid besessen, Tusmann!‹ So schnarcht mich der Mann an mit hohler Stimme, und ich merke, daß es nicht der Nachtwächter, nein, daß es der furchtbare Goldschmied ist, der mich umfaßt hält. Da übernimmt mich die Angst, die kalten Schweißtropfen stehen mir auf der Stirne, ich spreche: ›Mein verehrungswürdiger Herr Professor, verübeln Sie es mir doch nur ja nicht, daß ich Sie in der Finsternis für den Nachtwächter gehalten. O Gott! nennen Sie mich, wie Sie wollen, nennen Sie mich auf die schnödeste Weise – Monsieur Tusmann oder gar, mein Lieber, traktieren Sie mich barbarisch per Ihr, wie Sie es soeben zu tun beliebten, alles, alles will ich mir gefallen lassen, nur befreien Sie mich von diesem entsetzlichen Spuk, welches ganz in Ihrer Macht steht.‹ – ›Tusmann‹, beginnt der schnöde Schwarzkünstler mit seiner fatalen hohlen Stimme, ›Tusmann, Ihr sollt fortan unangetastet bleiben, wenn Ihr hier auf der Stelle schwört, an die Heirat mit der Albertine Voßwinkel gar nicht mehr zu denken.‹ Kommissionsrat, du kannst es dir vorstellen, wie mir zumute wurde bei dieser abscheulichen Proposition. ›Allerliebster Herr Professor‹, bitte ich, ›Sie greifen mir ans Herz, daß es blutet. Das Walzen ist ein häßlicher, unanständiger Tanz, und eben walzte die Demoiselle Albertine Voßwinkel, und noch dazu als meine Braut, mit einem jungen Menschen auf eine Weise, daß mir Hören und Sehen verging; doch kann ich indessen von der Schönsten nicht lassen, nein, ich kann nicht von ihr lassen.‹ Kaum habe ich aber diese Worte ausgesprochen, als mir der verruchte Goldschmied einen Stoß gibt, daß ich mich sofort zu drehen beginne. Und wie von unwiderstehlicher Gewalt gehetzt, walze ich die Spandauer Straße auf und ab und halte in meinen Armen statt der Dame einen garstigen Besenstiel, der mir das Gesicht zerkratzt, während unsichtbare Hände mir den Rücken zerbleuen, und um mich her wimmelt es von Geheimen Kanzleisekretären Tusmanns, die mit Besenstielen walzen. Endlich sinke ich erschöpft, ohnmächtig nieder. Der Morgen dämmert mir in die Augen, ich schlage sie auf und – Kommissionsrat, entsetze dich mit mir, fall in Ohnmacht, Schulkamerad! und finde mich wieder sitzend hoch oben auf dem Pferde vor dem Großen Kurfürsten, mein Haupt an seine kalte eherne Brust gelehnt. Zum Glück schien die Schildwache eingeschlafen, so daß ich unbemerkt mit Lebensgefahr hinabklettern und mich davonmachen konnte. Ich rannte nach der Spandauer Straße, aber mich überfiel aufs neue unsinnige Angst, die mich dann endlich zu dir trieb.«

»Geheimer«, nahm nun der Kommissionsrat das Wort, »Geheimer, und du vermeinest, daß ich all das tolle abgeschmackte Zeug glauben soll, was du da vorbringst? – Hat man jemals von solchen Zauberpossen gehört, die sich hier in unserm guten aufgeklärten Berlin ereignet haben sollten?«

»Siehst du«, erwiderte der Geheime Kanzleisekretär, »siehst du nun wohl, Kommissionsrat, in welche Irrtümer dich der Mangel aller Lektüre stürzt? Hättest du wie ich Haftitii, des Rektors beider Schulen zu Berlin und Kölln an der Spree, ›Microchronicon marchicum‹ gelesen, so würdest du wissen, daß sich sonst noch ganz andere Dinge begeben haben. – Kommissionsrat, am Ende glaube ich schier, daß der *Goldschmied* der verruchte Satan selbst ist, der mich foppt und neckt.«

»Ich bitte dich«, sprach der Kommissionsrat, »ich bitte dich, Geheimer, bleibe mir vom Leibe mit den dummen abergläubischen Possen. Besinne dich! – nicht wahr, du hattest dich berauscht und stiegst im Übermut der Betrunkenheit zum Großen Kurfürsten hinauf?« –

Dem Geheimen Kanzleisekretär traten die Tränen in die Augen über Voßwinkels Verdacht, den er sich bemühte, mit aller Kraft zu widerlegen.

Der Kommissionsrat wurde ernster und ernster. Endlich, als der Geheime Kanzleisekretär nicht aufhörte zu beteuern, daß sich wirklich alles so begeben, wie er es erzählt, begann er: »Hör einmal, Geheimer, je mehr ich darüber nachdenke, wie du mir den Goldschmied und den alten Juden, mit denen du, ganz deiner sonst sittigen und frugalen Lebensart zuwider, in später Nacht zechtest, beschrieben, desto klarer wird es mir, daß der Jude unbezweifelt mein alter Manasse ist und daß der schwarzkünstlerische Goldschmied niemand anders sein kann als der Goldschmied Leonhard, der sich zuweilen in Berlin sehen läßt. Nun habe ich zwar nicht so viel Bücher gelesen als du, Geheimer, dessen bedarf es aber auch nicht, um zu wissen, daß beide, Manasse und Leonhard, einfache ehrliche Leute sind und nichts weniger als Schwarzkünstler. Es wundert mich ganz ungemein, daß du, Geheimer, der du doch in den Gesetzen erfahren sein solltest, nicht weißt, daß der Aberglaube auf das strengste verboten ist und ein Schwarzkünstler nimmermehr von der Regierung einen Gewerbschein erhalten würde, auf dessen Grund er seine Kunst treiben dürfte. – Höre, Geheimer, ich will nicht hoffen, daß der Verdacht gegründet ist, der in mir aufsteigt! – Ja! – ich will nicht hoffen, daß du die Lust verloren hast zur Heirat mit meiner Tochter? – daß du nun dich hinter allerlei tolles Zeug verbergen, mir seltsame Dinge vorfabeln, daß du sagen willst: ›Kommissionsrat, wir sind geschiedene Leute, denn heirate ich deine Tochter, so stiehlt mir der Teufel die Beine weg und zerbleut mir den Rücken!‹ Geheimer, es wäre arg, wenn du so mit Lug und Trug umgehen solltest.«

Der Geheime Kanzleisekretär geriet ganz außer sich über des Kommissionsrates schlimmen Verdacht. Er beteuerte einmal übers andere, daß er die Demoiselle Albertine ganz ungemessen liebe, daß er, ein zweiter Leander, ein zweiter Troilus, in den Tod gehen für sie und sich daher als ein unschuldiger Märtyrer vom leidigen Satan sattsam zerbleuen lassen wolle, ohne seiner Liebe zu entsagen.

Während dieser Beteuerungen des Geheimen Kanzleisekretärs klopfte es stark an die Tür, und hinein trat der alte Manasse, von dem der Kommissionsrat vorher gesprochen.

Sowie Tusmann den Alten erblickte, rief er: »O du Herr des Himmels, das ist ja der alte Jude, der gestern aus dem Rettich Goldstücke prägte und dem Goldschmied ins Gesicht warf! – Nun wird auch wohl gleich der alte verruchte Schwarzkünstler hereintreten!«

Er wollte schnell zur Türe hinaus, der Kommissionsrat hielt ihn aber fest, indem er sprach: »Nun werden wir ja gleich hören.«

Dann wandte der Kommissionsrat sich zu dem alten Manasse und erzählte, was Tusmann von ihm behauptet und was sich zur Nachtzeit in der Weinstube auf dem Alexanderplatz zugetragen haben sollte.

Manasse lächelte den Geheimen Kanzleisekretär von der Seite hämisch an und sprach: »Ich weiß nicht, was der Herr will, der Herr kam gestern ins Weinhaus mit dem Goldschmied Leonhard, eben als ich mich erquickte mit einem Glase Wein nach mühseligem Geschäft, das bis beinahe Mitternacht gedauert. Der Herr trank über den Durst, konnte nicht auf den Füßen stehn und taumelte hinaus auf die Straße.«

»Siehst du wohl«, rief der Kommissionsrat, »siehst du wohl, Geheimer, ich hab es gleich gedacht. Das kommt von dem abscheulichen Saufen, das du lassen mußt ganz und gar, wenn du meine Tochter heiratest.«

Der Geheime Kanzleisekretär, ganz vernichtet von dem unverdienten Vorwurf, sank atemlos in den Lehnsessel, schloß die Augen und quäkte auf unverständliche Weise.

»Da haben wir's«, sprach der Kommissionsrat, »erst die Nacht durchschwärmt und dann matt und elend.«

Aller Protestationen ungeachtet, mußte Tusmann es leiden, daß der Kommissionsrat ein weißes Tuch um sein Haupt band und ihn in eine herbeigerufene Droschke packte, in der er fortrollte nach der Spandauer Straße.

»Was bringen Sie Neues, Manasse?« fragte der Kommissionsrat nun den Alten.

Manasse schmunzelte freundlich und meinte, daß der Kommissionsrat wohl nicht ahnen werde, welches Glück er ihm zu verkünden gekommen.

Als der Kommissionsrat eifrig weiterforschte, eröffnete ihm Manasse, daß sein Neffe Benjamin Dümmerl, der schöne junge Mann, der Besitzer von beinahe einer Million, den man seiner unglaublichen Verdienste halber in Wien baronisiert, der nicht längst aus Italien zurückgekehrt – ja! daß dieser Neffe sich plötzlich in die Demoiselle Albertine sterblich verliebt habe und sie zur Frau begehre.

Den jungen Baron Dümmerl sieht man häufig im Theater, wo er sich in einer Loge des ersten Rangs brüstet, noch häufiger in allen nur möglichen Konzerten; jeder weiß daher, daß er lang und mager ist wie eine Bohnenstange, daß er im schwarzgelben Gesicht von pechschwarzen krausen Haaren und Backenbart beschattet, im ganzen Wesen den ausgesprochensten Charakter des Volks aus dem Orient trägt, daß er nach der letzten bizarrsten Mode der englischen Stutzer gekleidet geht, verschiedene Sprachen in gleichem Dialekt unserer Leute spricht, die Violine kratzt, auch wohl das Piano hämmert, miserable Verse zusammenstoppelt, ohne Kenntnis und Geschmack den ästhetischen Kunstrichter spielt und den literarischen Mäzen gern spielen möchte, ohne Geist witzig und ohne Witz geistreich sein will, dummdreist, vorlaut, zudringlich, kurz, nach dem derben Ausdruck derjenigen verständigen Leute, denen er gar zu gern sich annähern möchte – ein unausstehlicher Bengel ist. Kommt nun noch hinzu, daß trotz seines vielen Geldes aus allem, was er beginnt, Geldsucht und eine schmutzige Kleinlichkeit hervorblickt, so kann es nicht anders geschehen, als daß selbst niedere Seelen, die sonst vor dem Mammon sich beugen, ihn bald einsam stehen lassen.

Dem Kommissionsrat fuhr nun freilich in dem Augenblick, wo Manasse ihm die Absicht seines liebenswürdigen Neffen kundtat, sehr lebhaft der Gedanke an die halbe Million, die Benschchen wirklich besaß, durch den Kopf, aber auch zugleich kam ihm das Hindernis ein, welches seiner Meinung nach die Sache ganz unmöglich machen müßte.

»Lieber Manasse«, begann er, »Sie bedenken nicht, daß Ihr werter Herr Neveu von altem Glauben ist und« – »Ei«, unterbrach ihn Manasse, »ei, Herr Kommissionsrat, was tut das? – Mein Neffe ist nun einmal verliebt in Ihre Demoiselle Tochter und will sie glücklich machen, auf ein paar Tropfen Wasser wird es ihm daher wohl nicht ankommen, er bleibt ja doch derselbe. Überlegen Sie sich die Sache, Herr Kommissionsrat, in ein paar Tagen komm ich wieder mit meinem kleinen Baron und hole mir Bescheid.«

Damit ging Manasse von dannen.

Der Kommissionsrat fing sofort an zu überlegen. Trotz seiner grenzenlosen Habsucht, seiner Charakter- und Gewissenlosigkeit empörte sich doch sein Inneres, wenn er sich lebhaft Albertinens Verbindung mit dem widerwärtigen Bensch vorstellte. In einem Anfall von Rechtlichkeit beschloß er, dem alten Schulkameraden Wort zu halten.

Viertes Kapitel

Handelt von Porträts, grünen Gesichtern, springenden Mäusen und jüdischen Flüchen

Bald nachdem sie bei dem »Hofjäger« mit Edmund Lehsen bekannt geworden, fand Albertine, daß des Vaters großes, in Öl gemaltes Bildnis, welches in ihrem Zimmer hing, durchaus unähnlich und auf unausstehliche Weise gekleckst sei. Sie bewies dem Kommissionsrat, daß, ungeachtet mehrere Jahre darüber vergangen, als er gemalt worden, er doch noch in diesem Augenblicke viel jünger und hübscher aussehe, als ihn der Maler damals aufgefaßt, und tadelte vorzüglich den finstern, mürrischen Blick des Bildes sowie die altfränkische Tracht und das unnatürliche Rosenbukett, welches der Kommissionsrat auf dem Bilde sehr zierlich zwischen zwei Fingern hielt, an denen stattliche Brillantringe prangten.

Albertine sprach so viel und so lange über das Bild, daß der Kommissionsrat zuletzt selbst fand, das Gemälde sei abscheulich, und nicht begreifen konnte, wie der ungeschickte Maler seine liebenswürdige Person in solch ein häßliches Zerrbild habe umwandeln können. Und je länger er das Porträt anblickte, desto mehr ereiferte er sich über die fatale Sudelei; er beschloß, das Bild herunterzunehmen und in die Polterkammer zu werfen.

Da meinte nun Albertine, das schlechte Bild verdiene dies wohl, indessen habe sie sich so daran gewöhnt, Väterchens Bildnis in ihrem Zimmer zu haben, daß die leere Wand sie gänzlich stören würde in all ihrem Tun. Kein anderer Rat sei vorhanden, Väterchen müsse sich noch einmal malen lassen von einem geschickten, im genauen Treffen glücklichen Künstler, und dieser dürfe kein anderer sein als der junge Edmund Lehsen, der schon die schönsten, wohlgetroffensten Bildnisse gemalt.

»Tochter«, fuhr der Kommissionsrat auf, »Tochter, was verlangst du! Die jungen Künstler kennen sich nicht vor Stolz und Übermut, wissen gar nicht, was sie für ihre geringen Arbeiten an Geld fordern sollen, sprechen von nichts anderm als blanken Friedrichsdoren, sind mit dem schönsten Kurant, sollten es sogar neue Talerstücke sein, nicht zufrieden!«

Albertine versicherte dagegen, daß Lehsen, da er die Malerei mehr aus Neigung als aus Bedürfnis treibe, gewiß sich sehr billig finden lassen würde, und mahnte den Kommissionsrat so lange, bis er sich entschloß, zu Lehsen hinzugehen und mit ihm über das Gemälde zu sprechen.

Man kann denken, mit welcher Freude Edmund sich bereit erklärte, den Kommissionsrat zu malen, und zum hohen Entzücken stieg diese Freude, als er vernahm, daß Albertine den Kommissionsrat auf den Gedanken gebracht, sich von ihm malen zu lassen. Er ahnte richtig, daß Albertine auf diese Weise ihm die Annäherung an sie verstatten wollen. Ganz natürlich war es auch, daß Edmund, als der Kommissionsrat etwas ängstlich von dem zu bezahlenden Preise des Gemäldes sprach, versicherte, daß er durchaus gar kein Honorar nehmen werde, sondern sich glücklich schätze, durch seine Kunst Eingang zu finden in das Haus eines so vortrefflichen Mannes, als der Kommissionsrat sei.

»Gott!« begann der Kommissionsrat im tiefsten Erstaunen, »was höre ich? – bester Herr Lehsen – gar kein Geld, gar keine Friedrichsdore für Ihr Bemühen? – nicht einmal eine Entschädigung für verbrauchte Leinwand und Farben in gutem Kurant?«

Edmund meinte lächelnd, diese Auslage sei zu unbedeutend, als daß davon nur im mindesten die Rede sein könne.

»Aber«, fiel der Kommissionsrat kleinlaut ein, »aber Sie wissen vielleicht nicht, daß hier von einem Kniestück in Lebensgröße« – Das sei alles gleich, erwiderte Lehsen.

Da drückte ihn der Kommissionsrat stürmisch an die Brust und rief, indem ihm die Tränen vor inniger Rührung in die Augen traten: »O Gott im Himmel! – gibt es denn auf dieser im argen liegenden Welt noch solche erhabene uneigennützige Menschenseelen! – Erst die Zigarren, dann das Gemälde! – Sie sind ein vortrefflicher Mann oder Jüngling vielmehr, bester Herr Lehsen, in Ihnen wohnt deutsche Tugend und Biederkeit, von der, wie sie zu unserer Zeit aufgeblüht sein soll, in mehreren Schriften viel Angenehmes zu lesen. Doch glauben Sie mir, ungeachtet ich Kommissionsrat bin und mich durchaus französisch kleide, dennoch hege ich gleichen Sinn, weiß Ihren Edelmut zu schätzen und bin uneigennützig und gastfrei wie einer.« –

Die schlaue Albertine hatte die Art, wie sich Edmund bei des Kommissionsrates Antrag nehmen würde, vorausgesehen. Ihre Absicht war erreicht. Der Kommissionsrat strömte über vom Lobe des vortrefflichen Jünglings, der entfernt sei von jeder gehässigen Habsucht, und schloß damit, daß, da junge Leute, vorzüglich Maler, immer etwas Phantastisches, Romanhaftes in sich trügen, viel auf verwelkte Blumen, Bänder, die an ein hübsches Mädchen geheftet gewesen, hielten, über irgendein von schönen Händen verfertigtes Fabrikat aber ganz außer sich geraten könnten, Albertine dem Edmund ja ein Geldbeutelchen häkeln möchte, und sei es ihr nicht unangenehm, sogar eine Locke von ihrem schönen kastanienbraunen Haar hineintun; so aber jede etwanige Verpflichtung gegen Lehsen quitt machen könne. Er erlaube das ausdrücklich und wolle es schon bei dem Geheimen Kanzleisekretär Tusmann verantworten.

Albertine, noch immer nicht von des Kommissionsrats Absichten und Plänen unterrichtet, verstand nicht, was er mit dem Tusmann wollte, und fragte auch weiter nicht darnach.

Noch denselben Abend ließ Edmund seine Malergerätschaften ins Haus des Kommissionsrates tragen, und am andern Morgen fand er sich ein zur ersten Sitzung.

Er bat den Kommissionsrat, sich im Geist in den heitersten, frohsten Moment seines Lebens zu versetzen, etwa wie ihm seine verstorbene Gattin zum erstenmal ihre Liebe versichert oder wie ihm Albertine geboren oder wie er vielleicht einen verloren geglaubten Freund unvermutet wiedergesehen. –

»Halt«, rief der Kommissionsrat, »halt, Herr Lehsen, vor ungefähr drei Monaten erhielt ich den Aviso aus Hamburg, daß ich in der dortigen Lotterie einen bedeutenden Gewinst gemacht. – Mit dem offnen Briefe in der Hand lief ich zu meiner Tochter! – Einen froheren Augenblick habe ich in meinem Leben nicht gehabt; wählen wir also denselben, und damit mir und Ihnen alles besser vor Augen komme, will ich den Brief holen und ihn wie damals offen in der Hand halten.«

Edmund mußte den Kommissionsrat wirklich in dieser Stellung malen, auf den offnen Brief aber ganz deutlich und leserlich dessen Inhalt hinschreiben:

»Ew. Wohlgeb. habe ich die Ehre zu avertieren« usw.

Auf einem kleinen Tisch daneben mußte (so wollt es der Kommissionsrat) das geöffnete Kuvert liegen, so daß man die Aufschrift:

        Des Herrn Kommissionsrats, Stadtverordneten
und

        Feuerherrn Melchior Voßwinkel, Wohlgeboren

                        zu

                    Berlin

deutlich lesen konnte, und auch das Postzeichen »Hamburg« durfte Edmund nicht vergessen nach dem Leben zu kopieren. Edmund malte übrigens einen sehr hübschen, freundlichen, stattlich gekleideten Mann, der in der Tat einige entfernte Züge von dem Kommissionsrat im Gesichte trug, so daß jeder, der jenes Briefkuvert las, unmöglich in der Person irren konnte, welche das Bild vorstellen sollte.

Der Kommissionsrat war ganz entzückt über das Bild. Da sehe man, sprach er, wie ein geschickter Maler die anmutigen Züge eines hübschen Mannes, sei er auch schon etwas in die Jahre gekommen, aufzufassen wisse, und nun erst merke er, was der Professor gemeint, den er einmal in der Humanitätsgesellschaft behaupten gehört, daß ein gutes Porträt zugleich ein tüchtiges historisches Bild sein müsse. Blicke er nämlich sein Bildnis an, so falle ihm jedesmal die angenehme Historie von dem gewonnenen Lotterielos ein, und er verstehe das liebenswürdige Lächeln seines Ichs, das sich auf seinem eigenen Gesicht dann abspiegle.

Noch ehe Albertine ausführen konnte, was weiter in ihrem Plane lag, kam der Kommissionsrat ihren Wünschen zuvor, indem er Edmund bat, nun auch seine Tochter zu malen.

Edmund begann sogleich das Werk. Indessen schien es mit Albertinens Bildnis gar nicht so leicht, so glücklich vonstatten gehen zu wollen, als es bei des Kommissionsrats Porträt der Fall gewesen.

Er zeichnete, löschte aus, zeichnete wieder, fing an zu malen, verwarf das Ganze, begann von neuem, veränderte die Stellung, bald war es ihm zu hell im Zimmer, bald zu dunkel etc., bis der Kommissionsrat, der so lange den Sitzungen beigewohnt, die Geduld verlor und davonblieb.

Edmund kam nun vormittags und nachmittags und rückte auch das Bild auf der Staffelei nicht sonderlich vor, so geschah dies doch mit dem innigen Liebesverständnis, das sich zwischen Edmund und Albertinen immer fester und fester knüpfte.

Du wirst es, vielgeneigter Leser, ganz gewiß selbst erfahren haben, daß, ist man verliebt, es oftmals durchaus nötig wird, um allen Beteurungen, allen süßen, schmachtenden Worten und Redensarten, allen sehnsüchtigen Wünschen die gehörige Kraft zu geben, so daß sie eindringen mit unwiderstehlicher Gewalt ins tiefste Herz, die Hand der Geliebten zu fassen, zu drücken, zu küssen, und daß dann im Liebkosen, wie vermöge eines elektrischen Prinzips, unvermutet Lipp an Lippe schlägt und dies Prinzip sich entladet im glühenden Feuerstrom des süßesten Kusses. Nicht allein, daß Edmund deshalb oft das Malen ganz lassen mußte, er wurde auch oft sogar gezwungen, von der Staffelei aufzustehen.

So kam es denn, daß er an einem Vormittage mit Albertinen an dem mit weißen Gardinen verzogenen Fenster stand und, um, wie gesagt, seinen Beteurungen mehr Kraft zu geben, Albertinen umfaßt hielt und ihre Hand unaufhörlich an den Mund drückte.

Zu selbiger Stunde und zu selbigem Augenblick ging der Geheime Kanzleisekretär Tusmann mit der »Politischen Klugheit« und andern pergamentnen Büchern, worin das Angenehme mit dem Nützlichen verbunden, in der Tasche, vor dem Hause des Kommissionsrates vorüber. Ungeachtet er scharf zusprang, da gerade die Uhr auf dem Punkt stand, die Stunde zu schlagen, mit der er in das Bureau einzutreten gewohnt war, hielt er doch einen Augenblick an und warf den schmunzelnden Blick hinauf nach dem Fenster seiner vermeintlichen Braut.

Da gewahrte er wie im Nebel Albertinen mit Edmund, und ungeachtet er durchaus nichts deutlich zu erkennen vermochte, schlug ihm doch das Herz, er wußte selbst nicht, warum. Eine seltsame Angst trieb ihn an, das Unerhörte zu beginnen, nämlich zu ganz ungewöhnlicher Stunde hinauf und geradezu nach Albertinens Zimmer zu steigen.

Als er hineintrat, sprach Albertine soeben sehr vernehmlich: »Ja, Edmund! ewig, ewig werd ich dich lieben!« Und damit drückte sie Edmund an seine Brust, und ein ganzes Feuerwerk von elektrischen Schlägen, wie sie oben beschrieben, begann zu rauschen und zu knistern.

Der Geheime Kanzleisekretär schritt unwillkürlich vor und blieb dann starr, sprachlos, wie von der Katalepsie befallen, in der Mitte des Zimmers stehen.

Im Taumel des höchsten Entzückens hatten die Liebenden den eisenschweren Tritt der Stiefelschuhe des Geheimen Kanzleisekretärs nicht vernommen, nicht gehört, wie er die Tür öffnete, wie er ins Zimmer trat, bis in dessen Mitte vorschritt.

Nun quäkte er plötzlich im höchsten Falsett: »Aber Demoiselle Albertine Voßwinkel!« –

Erschrocken fuhren die Liebenden auseinander, Edmund an die Staffelei, Albertine auf den Stuhl, wo sie behufs des Malens sitzen sollte.

»Aber«, begann der Geheime Kanzleisekretär nach einer kleinen Pause, in der er Atem geschöpft, »aber Demoiselle Albertine Voßwinkel, was tun Sie, was beginnen Sie? Erst walzen Sie mit dem jungen Herrn da, den ich zu kennen nicht die Ehre habe, auf dem Rathause in tiefer Mitternacht, daß mir armen Geheimen Kanzleisekretär und geschlagenen Bräutigam Hören und Sehen vergeht, und nun am hellen lichten Tage hier am Fenster hinter den Gardinen – o Gerechter! – Ist das ein ziemliches, sittiges Betragen für eine Demoiselle Braut?« – »Wer ist Braut«, fuhr Albertine auf, »wer ist Braut? – von wem sprechen Sie, Herr Geheimer Kanzleisekretär, reden Sie!«

»O du mein Schöpfer im Himmelsthrone«, lamentierte der Geheime Kanzleisekretär, »Sie fragen noch, werteste Demoiselle, wer Braut ist, von wem ich spreche? – Von wem anders kann ich denn hier jetzt reden als von Ihnen. Sind Sie denn nicht meine verehrte, im stillen angebetete Braut? Hat nicht Ihr wertester Herr Papa mir Ihre liebe, weiße, küssenswürdige Hand zugesagt schon seit langer Zeit?«

»Herr Geheimer Kanzleisekretär«, rief Albertine ganz außer sich, »Herr Geheimer Kanzleisekretär, entweder sind Sie schon am Vormittage in die Weinstube geraten, die Sie, wie mein Vater sagt, jetzt zu häufig besuchen sollen, oder von einem seltsamen Wahnsinn heimgesucht. Mein Vater hat, kann nicht daran gedacht haben, Ihnen meine Hand zuzusagen.«

»Allerliebste Demoiselle Voßwinkel«, fiel der Geheime Kanzleisekretär ein, »bedenken Sie doch nur! – Sie kennen mich ja schon seit so vielen Jahren, bin ich denn nicht jederzeit ein mäßiger, besonnener Mann gewesen und soll jetzt auf einmal mich dem schnöden Weintrinken und ungeziemlicher Verrücktheit hingeben? Beste Demoiselle, ein Auge will ich zudrücken, schweigen soll mein Mund darüber, was hier soeben geschehen! – Alles vergeben und vergessen! – Aber besinnen Sie sich doch, angebetete Braut, daß Sie mir ja schon Ihr Jawort gaben, aus dem Fenster des Rathausturms zur mitternächtlichen Stunde, und wenn Sie daher auch im Brautschmuck mit diesem jungen Herrn da stark walzten, so –«

»Sehn Sie wohl«, unterbrach Albertine den Geheimen Kanzleisekretär, »sehn Sie wohl, merken Sie wohl, daß Sie unsinniges Zeug durcheinanderschwatzen, wie ein der Charité Entsprungener? – Gehen Sie – es wird mir bange in Ihrer Gegenwart – gehen Sie, sag ich, verlassen Sie mich!«

Die Tränen stürzten dem armen Tusmann aus den Augen. »O Gerechter«, schluchzte er, »solche schnöde Behandlung von der verehrtesten Demoiselle Braut! – Nein, ich gehe nicht, ich bleibe so lange, bis Sie, werteste Demoiselle Voßwinkel, was meine geringe Person betrifft, zu besserer Überzeugung gekommen sind.«

»Gehen Sie!« sprach Albertine mit halb erstickter Stimme, indem sie, das Schnupftuch vor die Augen gedrückt, in eine Ecke des Zimmers flüchtete.

»Nein«, erwiderte der Geheime Kanzleisekretär, »nein, werteste Demoiselle Braut, nach Thomasii politisch klugem Rat muß ich bleiben, ich gehe nun durchaus nicht eher, bis –« Er machte Miene, Albertinen zu verfolgen.

Edmund hatte, kochend vor Wut, indessen an dem dunkelgrünen Hintergrunde des Gemäldes hin und her gestrichen. Nun konnte er sich nicht länger halten. »Verrückter, überlästiger Satan!« – So schrie er ganz außer sich, sprang los auf Tusmann, fuhr ihm mit dem dicken, in jene dunkelgrüne Farbe getunkten Pinsel drei-, viermal übers Gesicht, faßte ihn, gab ihm, nachdem er die Tür geöffnet, solch einen derben Stoß, daß er hinausflog wie ein abgeschossener Pfeil.

Entsetzt prallte der Kommissionsrat, der eben aus der Tür gegenüber heraustreten wollte, zurück, als der grüne Schulkamerad in seine Arme stürzte.

»Geheimer«, rief er aus, »Geheimer, um des Himmels willen, wie siehst du aus?«

Der Geheime Kanzleisekretär, beinahe von Sinnen über alles, was sich eben zugetragen, erzählte in kurzen, abgebrochenen Sätzen, wie Albertine ihn behandelt, was er von Edmund erlitten.

Der Kommissionsrat, ganz Ärger und Zorn, nahm ihn bei der Hand, ging mit ihm zurück in Albertinens Zimmer, fuhr los auf das Mädchen: »Was muß ich hören, was muß ich vernehmen? Führt man sich so auf, behandelt man so den Bräutigam?«

»Bräutigam?« schrie Albertine auf im jähsten Schreck.

»Nun ja«, sprach der Kommissionsrat, »Bräutigam freilich. Ich weiß gar nicht, was du dich alterierst über eine Sache, die ja längst beschlossen. Mein lieber Geheimer ist dein Bräutigam, und in wenigen Wochen feiern wir die vergnügte Hochzeit.«

»Nimmermehr«, rief Albertine, »nimmermehr heirate ich den Geheimen Kanzleisekretär. Wie sollt ich ihn denn lieben können, den alten Mann – nein –«

»Was lieben, was alter Mann«, fiel ihr der Kommissionsrat ins Wort, »von Lieben ist gar nicht die Rede, sondern von Heiraten. Freilich ist mein lieber Geheimer kein leichtsinniger Jüngling mehr, aber so wie ich eben in den Jahren, die man mit Recht die besten nennt, und dabei ein rechtschaffener, gescheiter, belesener, liebenswürdiger Mann und mein Schulkamerad.«

»Nein«, sprach Albertine in der heftigsten Bewegung, indem ihr die Tränen aus den Augen stürzten, »nein, ich kann ihn nicht leiden, er ist mir unausstehlich, ich hasse, ich verabscheue ihn! – O mein Edmund –«

Und damit fiel das Mädchen, ganz außer sich, beinahe ohnmächtig dem Edmund in die Arme, der sie mit Heftigkeit an seine Brust drückte.

Der Kommissionsrat, ganz erstarrt, riß die Augen weit auf, als sah er Gespenster, dann brach er los: »Was ist das, was gewahre ich?«

»Ja«, fiel der Geheime Kanzleisekretär mit kläglicher Stimme ein, »ja, die Demoiselle Albertine scheinen ganz und gar nichts von mir wissen zu wollen, scheinen eine ungemeine Inklination zu dem jungen Herrn Maler zu hegen, da sie ihn ohne Scheu küssen, mir Ärmsten aber kaum die liebe Hand reichen wollen, da ich doch bald den Trauring an dero angenehmen Goldfinger zu stecken gedenke.«

»Heda – heda, auseinander, sage ich«, schrie der Kommissionsrat und riß Albertinen aus Edmunds Armen. *Der* rief aber, daß er Albertinen nicht lassen werde und solle es ihm das Leben kosten. – »So?« sprach der Kommissionsrat mit spottendem Ton, »seht doch, eine saubere Liebesgeschichte hinter meinem Rücken! – Schön, herrlich, mein junger Herr Lehsen, darum Ihre Uneigennützigkeit, darum die Zigarren und die Bilder. – Sich in mein Haus einzuschleichen, mit losen Künsten meine Tochter zu verführen. Feiner Gedanke, daß ich meine Tochter an den Hals hängen soll einem dürftigen, armseligen, nichtswürdigen Farbenkleckser!« –

Außer sich vor Wut über des Kommissionsrats Schimpfreden, ergriff Edmund den Malerstock, hob ihn in die Höhe; da rief mit donnernder Stimme der zur Türe hereinbrechende Leonhard: »Halt, Edmund! Keine Übereilung, Voßwinkel ist ein alberner Narr und wird sich besinnen.«

Der Kommissionsrat, erschrocken über Leonhards unvermutete Erscheinung, rief aus dem Winkel, in den er zurückgeprallt: »Ich weiß gar nicht, Herr Leonhard, wie Sie sich unterfangen können –«

Aber der Geheime Kanzleisekretär war schnurstracks hinter den Sofa geflüchtet, sowie er den Goldschmied erblickt, hatte sich tief niedergeduckt und quäkte mit ängstlicher, weinerlicher Stimme: »O du Gott im Himmel! – Kommissionsrat, sieh dich vor – schweige – halt das Maul, geliebter Schulkamerad. – O du Gott im Himmel, das sind ja der Herr Professor – der grausame Ball-Entrepreneur aus der Spandauer Straße –«

»Kommt nur hervor«, sprach der Goldschmied lachend, »kommt nur hervor, Tusmann, fürchtet Euch nicht, Euch soll nichts mehr angetan werden, Ihr seid ja schon bestraft genug für Eure alberne Heiratslust, da Ihr nun Euer Lebelang ein grünes Gesicht behaltet.«

»O Gott«, schrie der Geheime Kanzleisekretär ganz außer sich, »o Gott, ein grünes Gesicht immerdar! – Was werden die Leute, was wird Se. Exzellenz der Herr Minister sagen? Werden Se. Exzellenz nicht glauben, ich hätte mir aus purer, schnöder, weltlicher Eitelkeit das Gesicht grün gefärbt? – Ich bin ein geschlagener Mann, ich komme um meinen Dienst, denn nicht dulden kann der Staat Geheime Kanzleisekretärs mit grünen Gesichtern – O ich Ärmster –«

»Nun, nun«, unterbrach der Goldschmied Tusmanns Klagen, »nun, nun, Tusmann, lamentiert nur nicht so sehr, es kann doch wohl noch Rat geben für Euch, wenn Ihr gescheit seid und dem tollen Gedanken, Albertinen zu heiraten, entsagt.«

»Das kann ich nicht – das soll er nicht«, so riefen beide durcheinander, der Kommissionsrat und der Geheime Kanzleisekretär.

Der Goldschmied sah beide an mit funkelndem, durchbohrendem Blick; doch eben als er losbrechen wollte, öffnete sich die Tür, und hinein trat der alte Manasse mit seinem Neffen, dem Baron Benjamin Dümmerl aus Wien. – Bensch ging gerade los auf Albertinen, die ihn zum erstenmal in ihrem Leben sah, und sprach in schnarrendem Ton, indem er ihre Hand faßte: »Ha, bestes Mädchen, da bin ich nun selbst, um mich Ihnen zu Füßen zu werfen. – Verstehen Sie! das ist nur solch eine Redensart, der Baron Dümmerl wirft sich niemanden zu Füßen, auch nicht Sr. Majestät dem Kaiser. Ich meine, Sie sollen mir einen Kuß geben.« – Damit trat er noch näher an Albertinen heran und beugte sich nieder, doch in demselben Moment geschah etwas, worüber sich alle, den Goldschmied ausgenommen, tief entsetzten.

Benschs ansehnliche Nase schoß plötzlich zu einer solchen Länge hervor, daß sie, dicht bei Albertinens Gesicht vorbeifahrend, mit einem lauten Knack hart anstieß an die gegenüberstehende Wand. Bensch prallte einige Schritte zurück, sogleich zog sich die Nase wieder ein. Er näherte sich Albertinen, dasselbe Ereignis; kurz hinaus, hinein schob sich die Nase wie eine Baßposaune.

»Verruchter Schwarzkünstler«, brüllte Manasse, und indem er einen verschlungenen Strick aus der Tasche zog und ihn dem Kommissionsrat zuwarf, rief er: »Ohne Umstände, werfen Sie dem Kerl die Schlinge über den Hals, dem Goldschmied mein ich, dann ziehen wir ihn ohne Widerstand zur Tür hinaus, und alles ist in Ordnung.« – Der Kommissionsrat ergriff den Strick, statt aber dem Goldschmied warf er dem alten Juden den Strick über den Hals, und sogleich prallten beide auf in die Höhe bis an die Stubendecke und wieder herab, und so immerfort herauf und herab, während Bensch sein Nasenkonzert fortsetzte und Tusmann wie wahnsinnig lachte und plapperte, bis der Kommissionsrat ohnmächtig, ganz erschöpft in den Lehnsessel niedersank.

»Nun ist's Zeit, nun ist's Zeit«, schrie Manasse, schlug an die Tasche, und mit einem Satze sprang eine übergroße abscheuliche Maus hervor und gerade los auf den Goldschmied. Aber noch im Sprunge durchstach sie der Goldschmied mit einer spitzen, goldnen Nadel, worauf sie mit einem gellenden Schrei verschwand, man wußte nicht, wohin.

Da ballte Manasse die Fäuste gegen den ohnmächtigen Kommissionsrat und rief, indem Zorn und Wut aus seinen feuerroten Augen sprühten: »Ha, Melchior Voßwinkel, du hast dich gegen mich verschworen, du bist im Bunde mit dem verruchten Schwarzkünstler, den du in dein Haus gelockt; aber verflucht, verflucht sollst du sein, du und dein ganzes Geschlecht hinweggenommen wie die hilflose Brut eines Vogels. Gras soll vor deiner Tür wachsen, und alles, was du unternimmst, soll gleichen dem Tun des Hungernden, der sich im Traum ersättigen will an erdichteten Speisen, und der Dales soll sich einlagern in dein Haus und wegzehren deine Habe, und du sollst betteln in zerrissenen Kleidern vor den Türen des verachteten Volks Gottes, das dich verstößt wie einen räudigen Hund. Und du sollst sein wie ein verachteter Zweig zur Erde geworfen und statt des Klanges der Harfen Motten deine Gesellschaft! – Verflucht, verflucht, verflucht, du Kommissionsrat Melchior Voßwinkel!« – Damit faßte der wütende Manasse den Neffen und stürmte mit ihm zur Türe hinaus.

Albertine hatte im Grausen und Entsetzen ihr Gesicht verborgen an Edmunds Brust, der sie umschlungen hielt, mit Mühe Fassung erringend.

Der Goldschmied trat nun hin zu dem Paar und sprach lächelnd mit sanfter Stimme: »Laßt euch nur durch alle diese Narrenstreiche nicht irren. Es wird alles gut werden, ich stehe euch dafür. Aber nun ist es nötig, daß ihr euch trennt, ehe Voßwinkel und Tusmann aus ihrer Schreckenserstarrung erwachen.«

Darauf verließ er mit Edmund Voßwinkels Haus.

Fünftes Kapitel

Worin der geneigte Leser erfährt, wer der Dales ist, auf welche Weise aber der Goldschmied den Geheimen Kanzleisekretär Tusmann rettet vom schmachvollen Tode und den verzweifelnden Kommissionsrat tröstet

Der Kommissionsrat war durch und durch erschüttert, von Manasses Fluch mehr als von dem tollen Spuk, den, wie er wohl einsah, der Goldschmied getrieben. Jener Fluch war auch in der Tat gräßlich genug, da er dem Kommissionsrat den Dales über den Hals geschickt.

Ich weiß nicht, ob du, sehr geneigter Leser, die Bewandtnis kennst, die es mit diesem Dales der Juden hat?

Das Weib eines armen Juden (so erzählt ein Talmudist) fand, als sie eines Tages auf den Boden ihres kleinen Hauses stieg, daselbst einen dürren, ganz ausgemergelten, nackten Menschen, der sie bat, ihm Obdach zu gönnen, ihn zu nähren mit Speis und Trank. Erschrocken lief das Weib herab und sprach wehklagend zu ihrem Mann: »Ein nackter, ausgehungerter Mensch ist in unser Haus gekommen und verlangt von uns Obdach und Nahrung. Wie sollen wir aber den Fremden nähren, da wir selbst kaum unser mühseliges Leben von Tag zu Tag durchfristen.« – »Ich will«, erwiderte der Mann, »hinaufsteigen zu dem fremden Menschen und sehen, wie ich ihn hinausschaffe aus unserm Hause.« – »Warum«, sprach er dann zu dem fremden Menschen, »warum bist du geflüchtet in mein Haus, der ich arm bin und nicht vermag, dich zu ernähren? Hebe dich fort und gehe in das Haus des Reichtums, wo die Schlachttiere längst gemästet und die Gäste geladen sind zum Gastmahl.« – »Wie kannst du«, erwiderte der Mensch, »mich forttreiben wollen aus dem Obdach, das ich gefunden? Du siehst, daß ich nackt bin und bloß, wie kann ich fortziehen in das Haus des Reichtums? Doch laß mir ein Kleid machen, das mir paßt, und ich will dich verlassen.« – »Besser ist es«, dachte der Jude, »daß ich mein Letztes daranwende, den Menschen bald fortzuschaffen, als daß er bliebe und verzehre, was ich mit Not zu erwerben vermag.« Er schlachtete sein letztes Kalb, wovon er mit seinem Weibe viele Tage hindurch sich zu nähren gedachte, verkaufte das Fleisch und schaffte von dem gelösten Gelde ein gutes Kleid an für den fremden Menschen. Als er aber hinaufging mit dem Kleide, war der Mensch, der erst klein und dürr gewesen, groß geworden und stark, so daß das Kleid ihm überall zu kurz war und zu enge. Darüber entsetzte sich der arme Jude gar sehr, aber der fremde Mensch sprach: »Laß ab von der Torheit, mich fortschaffen zu wollen aus deinem Hause, denn wisse, ich bin der Dales.« Da rang der arme Jude die Hände und jammerte und schrie: »Gott meiner Väter, so bin ich gezüchtigt mit der Rute des Zorns und elend immerdar, denn bist du der Dales, so wirst du nicht weichen, sondern, all unser Hab und Gut wegzehrend, immer größer und stärker werden.« Der Dales ist aber die Armut, die, wo sie sich einmal eingenistet, niemals wieder weicht und immer mehr zunimmt. –

Entsetzte sich nun der Kommissionsrat darüber, daß ihm Manasse in der Wut die Armut auf den Hals geflucht, so fürchtete er dagegen auch den alten Leonhard, der, die seltsamen Zauberkünste abgerechnet, die ihm zu Gebote standen, auch außerdem in seinem ganzen Wesen etwas hatte, was wohl eine scheue Ehrfurcht erwecken mußte. Gegen beide, das fühlte er, konnte er nichts Sonderliches ausrichten; sein ganzer Zorn fiel daher auf Edmund Lehsen, dem er alles Unheil, was ihm widerfahren, in die Schuhe schob. Kam noch hinzu, daß Albertine ganz unverhohlen und mit entschiedener Festigkeit erklärte, wie sie Edmund über die Maßen liebe und niemals weder den alten, pedantischen Geheimen Kanzleisekretär noch den unausstehlichen Baron Bensch heiraten werde, so könnt es gar nicht fehlen, daß der Kommissionsrat sich über die Gebühr erboste und den Edmund fortwünschte, dahin, wo der Pfeffer wächst. Da er aber diesen Wunsch nicht so verwirklichen konnte, wie es unter der vorigen französischen Regierung geschah, welche Leute, die sie los sein wollte, in der Tat fortschickte nach dem Ort, wo der Pfeffer wächst, so begnügte er sich damit, dem Edmund ein angenehmes Billett zu schreiben, worin er all sein Gift, all seine Galle ergoß und damit endete, daß er sich nicht unterfangen solle, jemals die Schwelle seines Hauses zu betreten.

Man kann denken, daß Edmund über diese grausame Trennung von Albertinen sofort in die gehörige Verzweiflung geriet, in welcher ihn denn Leonhard fand, als er ihn seiner Gewohnheit gemäß in der Abenddämmerung besuchte.

»Was habe ich«, rief Edmund dem Goldschmied entgegen, »was habe ich nun von Euerm Schutz, von Euerm Mühen, mir die gehässigen Nebenbuhler vom Leibe zu schaffen? Durch Eure unheimlichen Taschenspielerkünste verwirrt und entsetzt Ihr alle, selbst mein holdes Mädchen, und Euer Treiben ist es allein, das mir als ein unübersteigliches Hindernis in den Weg tritt. Ich fliehe, ich fliehe, den Dolch im Herzen, fort nach Rom!«

»Nun«, sprach der Goldschmied, »nun, dann tätest du ja wirklich das, was ich recht von Herzen wünsche. Erinnere dich, daß ich schon damals, als du zum ersten Male von deiner Liebe zu Albertinen sprachst, dir versicherte, daß meiner Meinung nach ein junger Künstler sich wohl verlieben könne, aber nicht gleich ans Heiraten denken müsse, da dies ganz unersprießlich sei. Ich rückte dir damals halb im Scherz das Beispiel des jungen Sternbald vor Augen, aber ganz ernsthaft sage ich dir jetzt, daß, gedenkst du ein tüchtiger Künstler zu werden, du durchaus alle Heiratsgedanken dir aus dem Kopf schlagen mußt. Frei und froh ziehe in das Vaterland der Kunst, studiere in voller Begeisterung ihr innerstes Wesen, und dann erst wird dir die technische Fertigkeit, die du vielleicht auch hier erlangen kannst, etwas nützen.«

»Ha«, rief Edmund, »was für ein Tor war ich, Euch meine Liebe anzuvertrauen! Nun sehe ich es wohl ein, daß gerade Ihr, von dem ich Beistand erwarten durfte mit Rat und Tat, daß gerade Ihr, sage ich, absichtlich mir entgegenhandelt und meine schönsten Hoffnungen mit hämischer Schadenfreude zerstört.« –

»Hoho«, erwiderte der Goldschmied, »hoho, junger Herr! mäßigt Euch in Euren Ausdrücken, seid weniger heftig und bedenkt, daß Ihr viel zu unerfahren seid, um mich zu durchschauen. Aber ich will Euern irren Zorn Eurer wahnsinnigen Verliebtheit zugute halten –«

»Und«, fuhr Edmund fort, »und was die Kunst betrifft, so sehe ich gar nicht ein, warum ich, da es mir dazu, wie Ihr wißt, gar nicht an Mitteln fehlt, der innigen Verbindung mit Albertinen unbeschadet, nicht nach Rom gehen und dort die Kunst studieren sollte. Ja, ich gedachte gerade dann, wenn ich Albertinens Besitz gewiß sein konnte, nach Italien zu wandern und dort ein ganzes Jahr hindurch zu verweilen, dann aber, bereichert mit wahrer Kunstkenntnis, zurückzukehren in die Arme meiner Braut.«

»Wie«, rief der Goldschmied, »wie, Edmund, war das in der Tat dein wirklicher, ernsthafter Vorsatz?«

»Allerdings«, erwiderte der Jüngling, »sosehr mein Inneres entbrannt ist in Liebe zu der holden Albertine, sosehr erfüllt mich doch die Sehnsucht nach dem Lande, das die Heimat meiner Kunst ist.«

»Könnet«, fuhr der Goldschmied fort, »könnet Ihr Euer treues Wort mir darauf geben, daß, wird Albertine Euer, Ihr sogleich die Reise nach Italien antreten wollt?«

»Warum sollte ich das nicht«, erwiderte der Jüngling, »da es mein fester Entschluß war und es bleiben würde, sollte das geschehen, woran ich verzweifeln muß.«

»Nun«, rief der Goldschmied lebhaft, »nun, Edmund, so sei guten Mutes, diese feste Gesinnung erwirbt dir die Geliebte. Ich gebe dir mein Wort, daß in wenigen Tagen Albertine deine Braut sein soll. Daß ich das zu bewirken verstehen werde, daran magst du nicht zweifeln.«

Die Freude, das Entzücken strahlte aus Edmunds Augen. Der rätselhafte Goldschmied überließ, schnell davoneilend, den Jüngling all den süßen Hoffnungen und Träumen, die er in seinem Innern aufgeregt. –

In einem abgelegenen Teil des Tiergartens, unter einem großen Baum, lag, um mit Celia in »Wie es euch gefällt« zu reden, wie eine abgefallene Eichel oder wie ein verwundeter Ritter der Geheime Kanzleisekretär Tusmann und klagte sein tiefes Herzeleid den treulosen Herbstwinden.

»O Gott gerechter!« lamentierte er, »unglücklicher, bedauernswürdiger Geheimer Kanzleisekretär, womit hast du all diese Schmach verdient, die dir über den Hals gekommen. Sagt denn nicht Thomasius, daß der Ehestand an Erlangung der Weisheit keineswegs hindern solle, und doch hast du schon jetzt, da du nur den Ehestand zu intendieren begonnen, beinahe deinen ganzen angenehmen Verstand verloren. Woher der entsetzliche Widerwille der werten Demoiselle Albertine Voßwinkel gegen deine geringe, aber mit löblichen Eigenschaften sattsam ausgestattete Person? Bist du etwa ein Politikus, der keine Frau haben, oder gar ein Rechtsgelehrter, der nach der Lehre des Cleobulus seine Frau, sobald sie unartig, was weniges prügeln soll, daß die Schönste deshalb einige Scheu tragen könnte, dich zu ehelichen? O Gerechter, welchem Jammer gehst du entgegen! – Warum mußt du, o geliebter Geheimer Kanzleisekretär, in offne Fehde geraten mit schnöden Schwarzkünstlern und malerischen Wütrichen, die dein zartes Gesicht für ein aufgespanntes Pergament halten und mit frechem Pinsel einen wilden Salvator Rosa darauf schmeißen, ohne Geschick, Haltung und Manier! Ja, das ist das ärgste! Alle meine Hoffnung hatte ich auf meinen intimen Freund gesetzt, auf den Herrn Streccius, der in der Chemie wohlerfahren ist und in jedem Malheur zu helfen weiß, aber es ist alles vergebens. Je mehr ich mich mit dem Wasser wasche, das er mir angeraten, desto grüner werde ich, wiewohl das Grün sich in den verschiedensten Nuancen und Schattierungen ändert, so daß es bereits Frühling, Sommer und Herbst auf meinem Antlitz gewesen! – Ja, dieses Grün ist es, was mich ins Verderben stürzt, und erlange ich nicht den weißen Winter wieder, welcher die schicklichste Jahreszeit für mein Gesicht, so gerate ich in Desperation, stürze mich hier in den schnöden Froschlaich und sterbe einen grünen Tod!« –

Tusmann hatte wohl recht, so bittre Klagen auszustoßen, denn in der Tat war es arg mit der grünen Farbe seines Antlitzes, die gar nicht gewöhnliche Ölfarbe, sondern irgendeine künstlich zusammengesetzte Tinktur zu sein schien, die, in die Haut eingedrungen, durchaus nicht verschwinden wollte. Zur Tageszeit durfte der arme Geheime Kanzleisekretär gar nicht anders ausgehen als mit tief in die Augen gedrücktem Hut und vorgehaltenem Schnupftuch, und selbst wenn die Dämmerung eingebrochen, wagte er es nur, in gestrecktem Galopp durch die entlegenen Gassen zu rennen. Teils fürchtete er den Hohn der Straßenbuben, teils mußte er sich ängstigen, irgend jemanden aus dem Bureau, in dem er arbeitete, zu begegnen, da er sich krank melden lassen.

Es geschieht wohl, daß wir das Ungemach, welches uns getroffen, stärker und tötender fühlen in der stillen, schwarzen Nacht als am geräuschvollen Tage. So kam es auch, daß, sowie immer dunkler und dunkler die Wolken heraufzogen, wie schwärzer und schwärzer die Schatten des Waldes sich ausbreiteten, wie recht schauerlich verhöhnend der rauhe Herbstwind durch Bäume und Gebüsche pfiff, Tusmann, sein ganzes Elend bedenkend, in vollkommene Trostlosigkeit geriet.

Der entsetzliche Gedanke, in den grünen Froschlaich zu springen und so ein verstörtes Leben zu enden, trat dem Geheimen Kanzleisekretär so lebendig in die Seele, daß er ihn für einen entscheidenden Wink des Schicksals hielt, dem er folgen müsse.

»Ja«, rief er mit gellender Stimme, indem er hastig aufsprang vom Boden, wo er sich hingelagert, »ja, Geheimer Kanzleisekretär, mit dir ist es aus! – Verzweifle, guter Tusmann! – Kein Thomasius kann dich retten, fort mit dir in den grünen Tod! – Leben Sie wohl, grausame Demoiselle Albertine Voßwinkel! – Sie sehen Ihren Bräutigam, den Sie verschmäht auf schnöde Weise, niemals wieder! – Er wird sogleich in den Froschlaich springen!«

Wie rasend rannte er fort nach dem nahegelegenen Bassin, das in der tiefen Dämmerung anzusehen war wie ein breiter, schön bewachsener Weg, und blieb dicht am Rande stehen.

Der Gedanke an den nahen Tod mochte wohl seine Sinne zerrütten, denn er sang mit hoher, durchdringender Stimme das englische Volkslied, dessen Refrain lautet: »Grün sind die Wiesen, grün sind die Wiesen«, warf dann die »Politische Klugheit«, das »Handbuch für Hof und Staat« sowie Hufelands »Kunst, das Leben zu verlängern« in das Wasser und war eben im Begriff, mit einem tüchtigen Ansatz nachzuspringen, als er sich von hinten her mit starken Armen umfaßt fühlte.

Zugleich vernahm er die ihm wohlbekannte Stimme des schwarzkünstlerischen Goldschmieds: »Tusmann, was habt Ihr vor? Ich bitte Euch, seid doch kein Esel und macht doch nicht tolle Streiche!«

Der Geheime Kanzleisekretär bot alle Kraft auf, sich aus des Goldschmieds Armen loszuwinden, indem er, kaum der Sprache mehr mächtig, krächzte: »Herr Professor, ich bin in der Desperation, und da hören alle Rücksichten auf. Herr Professor, nehmen Sie es einem desperaten Geheimen Kanzleisekretär, der sonst wohl weiß, was Anstand und Sitte heischt, nicht übel, aber, Herr Professor – ich sag es unverhohlen, ich wünschte, daß Sie der Teufel hole samt Ihren Hexenkünsten, samt Ihrer Grobheit, samt Ihrem verdammten Ihr – Ihr – Ihr und Tusmann!« –

Der Goldschmied ließ den Geheimen Kanzleisekretär los, und alsbald taumelte er erschöpft nieder in das hohe, durch und durch feuchte Gras.

Wähnend, er liege im Bassin, rief er: »O kalter Tod, o grüne Wiese – Adieu! – Mich ganz gehorsamst zu empfehlen, werteste Demoiselle Albertine Voßwinkel – Lebe wohl, wackrer Kommissionsrat – Der unglückliche Bräutigam liegt bei den Fröschen, die den Herrn loben zur Sommerszeit!« –

»Seht Ihr wohl«, sprach der Goldschmied mit starker Stimme, »seht Ihr wohl, Tusmann, daß Ihr von Sinnen seid und matt und elend dazu! – Zum Teufel wollt Ihr mich schicken, wie wenn ich nun selbst der Teufel wäre und Euch den Hals umdrehte hier auf der Stelle, wo Ihr wähnt, im Bassin zu liegen?«

Tusmann ächzte, stöhnte, schüttelte sich wie im stärksten Fieberfrost. –

»Aber«, fuhr der Goldschmied fort, »aber ich mein es gut mit Euch, Tusmann, und vergebe Eurer Desperation alles, richtet Euch auf, kommt mit mir.«

Der Goldschmied half dem armen Geheimen Kanzleisekretär auf die Beine. Ganz vernichtet lispelte er: »Ich bin in Ihrer Gewalt, verehrtester Herr Professor, machen Sie mit meinem geringen sterblichen Leichnam, was Sie wollen, aber meine unsterbliche Seele bitte ich ganz gehorsamst gütigst verschonen zu wollen.«

»Schwatzt nicht solch aberwitziges Zeug, sondern kommt rasch fort«, rief der Goldschmied, faßte den Geheimen Kanzleisekretär unterm Arm und schritt mit ihm von dannen. Doch mitten in dem Wege, der quer durch den Tiergarten nach den Zelten führt, hielt er inne und sprach: »Halt, Tusmann! Ihr seid ganz naß und seht abscheulich aus, ich will Euch wenigstens das Gesicht abtrocknen.«

Damit holte der Goldschmied ein blendend weißes Tuch aus der Tasche und tat, wie er verhieß.

Als nun schon die hellen Laternen des Weberschen Zeltes durch die Gebüsche funkelten, rief Tusmann plötzlich ganz erschrocken: »Um Tausend Gotteswillen, verehrtester Herr Professor, wo führen Sie mich denn hin? – Nicht nach der Stadt? Nicht nach meiner Wohnung? – Doch nicht etwa in Gesellschaft? unter Menschen? – Gerechter! Ich kann mich ja gar nicht blicken lassen – Ich errege ja Ärgernis – ein Skandalum –«

»Ich weiß nicht«, erwiderte der Goldschmied, »ich weiß nicht, Tusmann, was Ihr wollt mit Euerm menschenscheuen Wesen, seid doch kein Hase! Ihr müßt durchaus etwas Starkes genießen. – Vielleicht ein Glas warmen Punsch, sonst bekommt Ihr das Fieber vor Erkältung. Kommt nur mit! –«

Der Geheime Kanzleisekretär lamentierte, sprach unaufhörlich von seinem grünen Gesicht, von seinem schnöden Salvator Rosa im Antlitz, der Goldschmied achtete aber nicht im mindesten darauf, sondern zog ihn fort mit unwiderstehlicher Gewalt.

Als sie nun in den erleuchteten Saal traten, bedeckte Tusmann mit dem Schnupftuch sein ganzes Gesicht, da noch ein paar Gäste an der langen Tafel speisten.

»Was habt Ihr denn«, sprach der Goldschmied dem Geheimen Sekretär ins Ohr, »was habt Ihr denn, Tusmann, daß Ihr Euer rechtschaffenes Antlitz so verhüllen wollt und verbergen?«

»Ach Gott«, stöhnte der Geheime Kanzleisekretär, »ach Gott, verehrtester Herr Professor, Sie wissen es ja, mein Gesicht, das der jähzornige junge Herr Maler mit grüner Farbe überstrichen –«

»Possen«, rief der Goldschmied aus, indem er den Geheimen Kanzleisekretär mit gewaltiger Faust packte und hinstellte vor den großen Spiegel am Ende des Saals und hineinleuchtete mit der Kerze, die er ergriffen.

Tusmann schaute unwillkürlich hinein und konnte sich eines lauten Ach! nicht erwehren.

Nicht allein, daß die häßliche grüne Farbe gänzlich verschwunden war, Tusmanns Gesicht hatte überdies noch ein lebhafteres Kolorit erhalten als jemals, so daß er in der Tat um einige Jahre jünger aussah als sonst. Im Übermaß des Entzückens sprang der

Geheime Kanzleisekretär mit beiden Füßen zugleich in die Höhe und sprach dann mit süßweinerlicher Stimme: »O Gerechter, was sehe, was erblicke ich! – Wertester, ungemein verehrter Herr Professor, das Glück habe ich gewiß Ihnen allein zu verdanken! – Ja! – nun wird die Demoiselle Albertine Voßwinkel, um derentwillen ich beinahe hinabgesprungen in den Abgrund zu den Fröschen, gewiß keinen Anstand nehmen, mich zu ihrem Gemahl zu erkiesen! – Ja, wertester Herr Professor, Sie haben mich geborgen aus tiefem Elend! – Ich fühlte sogleich eine gewisse Behaglichkeit, als Sie über mein geringes Antlitz mit Dero schneeweißem Schnupftuch zu fahren beliebten. – O sprechen Sie, gewiß waren Sie mein Wohltäter?«–

»Nicht leugnen«, erwiderte der Goldschmied, »nicht leugnen will ich, Tusmann, daß ich es war, der Euch die grüne Farbe wegwusch, und Ihr könnt daraus abnehmen, daß ich gar nicht so feindlich wider Euch gesinnt bin, als Ihr es wohl vermeinen möget. Bloß Eure alberne Faselei, daß Ihr Euch von dem Kommissionsrat überreden lasset, Ihr könntet Euch noch mit einem blutjungen, hübschen Mädchen, welche aufsprudelt vor Lebenslust, verheiraten, bloß diese Faselei, sage ich, kann ich an Euch gar nicht leiden und möchte Euch, da Ihr selbst jetzt, kaum den Schabernack los, den man Euch antat, wiederum gleich ans Heiraten denkt, den Appetit dazu auf nachdrückliche Weise vertreiben, welches ganz und gar in meiner Macht steht. Doch will ich das nicht tun, sondern Euch raten, ruhig zu sein bis zum künftigen Sonntag in der Mittagsstunde, da werdet Ihr denn das Weitere hören. Wagt Ihr es, früher Albertinen zu sehen, so laß ich Euch vor ihren Augen erst tanzen, daß Euch Sinn und Atem vergeht, verwandle Euch dann in den grünsten Frosch und schmeiße Euch hier im Tiergarten in das Bassin oder gar in die Spree, wo Ihr quaken könnet bis an Euer Lebensende! – Gehabt Euch wohl! Ich habe heute noch etwas vor, das mich nach der Stadt eilen heißt. Ihr würdet meinen Schritten nicht folgen können. Gehabt Euch wohl!«

Der Goldschmied hatte recht, daß wohl keiner so leicht ihm hätte folgen können, denn als hätte er Schlemihls berühmte Siebenmeilenstiefel an den Füßen, war er mit einem einzigen Schritt, den er zur Saaltür hinaus machte, dem bestürzten Geheimen Kanzleisekretär aus den Augen verschwunden. –

So mochte es denn auch geschehen, daß er schon in der nächsten Minute wie ein Gespenst plötzlich in dem Zimmer des Kommissionsrates stand und ihm mit ziemlich rauher Stimme einen guten Abend bot.

Der Kommissionsrat erschrak heftig, faßte sich jedoch bald zusammen und fragte den Goldschmied ungestüm, was er so spät in der Nacht noch wolle, er möge sich fortscheren und ihn in Ruhe lassen mit den albernen Taschenspielerstückchen, die ihm vorzugaukeln er vielleicht im Sinne habe.

»So sind«, erwiderte der Goldschmied sehr gelassen, »so sind nun die Menschen und vorzüglich die Kommissionsräte. Gerade diejenigen Personen, die sich Ihnen wohlwollend nähern, denen Sie sich zutrauensvoll in die Arme werfen sollten, gerade diese Personen stoßen Sie von sich; – Sie sind, bester Kommissionsrat, ein armer, unglücklicher, bedauernswürdiger Mann, ich komme – renne her noch in tiefer Nacht, um mich mit Ihnen zu beraten, wie vielleicht noch der tötende Schlag abzuwenden ist, der Sie eben treffen will und Sie –«

»O Gott«, schrie der Kommissionsrat ganz außer sich, »o Gott, gewiß schon wieder ein Falliment in Hamburg, Bremen oder London, das mich vollends zu ruinieren droht, o ich geschlagener Kommissionsrat – das fehlte noch –«

»Nein«, unterbrach der Goldschmied Voßwinkels Klagen, »nein, es ist hier noch von etwas anderm die Rede. Sie wollen also Albertinens Hand durchaus nicht dem jungen Edmund Lehsen geben?«

»Wie kommen Sie«, rief der Kommissionsrat, »auf diesen albernen, ärgerlichen Schnack? Ich! meine Tochter dem armseligen Pinsler!«

»Nun«, sprach der Goldschmied, »er hat doch Sie und Albertinen recht wacker gemalt.«

»Hoho!« erwiderte der Kommissionsrat, »das wäre ein schöner Kauf, meine Tochter für ein paar bunte Bilder! – Ich habe ihm die Dinger ins Haus zurückgeschickt.«

»Edmund«, fuhr der Goldschmied fort, »Edmund wird, versagen Sie ihm Albertinen, sich rächen.«

»Nun«, rief der Kommissionsrat, »nun, das möcht ich doch wissen, welche Rache der Schlucker, der Kiekindiewelt an dem Kommissionsrat Melchior Voßwinkel zu nehmen vermöchte!«

»Das will«, erwiderte der Goldschmied, »das will ich Ihnen gleich sagen, mein sehr wackrer Herr Kommissionsrat. Edmund ist eben im Begriff, Ihr liebes Bild auf würdige Weise zu retouchieren. Das fröhliche, lächelnde Antlitz verkehrt er in ein bittergrämliches, mit heraufgezogenen Brauen, trüben Augen, herunterhängenden Lippen. Stärker markiert er die Runzeln auf Stirn und Wangen, vergißt nicht die vielen grauen Haare, die der Puder verbergen soll, hinlänglich anzudeuten durch gehörige Färbung. Statt der freudigen Botschaft von dem Lotteriegewinst schreibt er die höchst betrübte Nachricht in den Brief, die Sie vorgestern erhielten, nämlich, daß das Haus Campbell et Kompagnie in London falliert, und auf dem Kuvert steht: ›An den verfehlten Stadt- und Kommissionsrat‹ usf., denn er weiß, daß Sie vor einem halben Jahre vergebens darnach trachteten, Stadtrat zu werden. Aus den zerrissenen Westentaschen fallen Dukaten, Taler und Tresorscheine heraus, den Verlust andeutend, den Sie erlitten. So wird das Bild dann ausgehängt bei dem Bilderhändler am Bankgebäude in der Jägerstraße.« –

»Der Satan«, schrie der Kommissionsrat, »der Halunke, nein, das soll er nicht unternehmen! – Polizei, Justiz rufe ich zu Hilfe –«

»Haben«, fuhr der Goldschmied gelassen fort, »haben nur funfzig Menschen eine Viertelstunde hindurch das Bild gesehen, dann dringt die Kunde davon mit tausend stärkeren Nuancen, die dieser, jener Witzbold hinzufügt, durch die ganze Stadt. Alles Lächerliche, alles Alberne, das man von Ihnen erzählt hat und noch erzählt, wird aufgefrischt mit neuen, glänzenden Farben, jeder, dem Sie begegnen, lacht Ihnen ins Gesicht, und was das Schlimmste ist, man spricht dabei unaufhörlich von dem Verlust, den Sie durch Campbells Fall erlitten, und Ihr Kredit ist hin.«

»O Gott«, rief der Kommissionsrat, »o Gott! – Aber er muß mir das Bild herausgeben, der Bösewicht, ja, das muß er morgen mit dem frühsten Tage.«

»Und«, sprach der Goldschmied weiter, »und täte er das wirklich, woran ich sehr zweifle, was würd es Ihnen helfen? Er radiert Ihre werte Person, wie ich es erst beschrieben, auf eine Kupferplatte, besorgt viele hundert Abdrücke, illuminiert sie selbst recht con amore und schickt sie in die ganze Welt, nach Hamburg, Bremen, Lübeck, Stettin, ja nach London –«

»Halten Sie ein«, unterbrach der Kommissionsrat den Goldschmied, »halten Sie ein! – Gehen Sie hin zu dem entsetzlichen Menschen, bieten Sie ihm funfzig – ja – bieten Sie ihm hundert Taler, wenn er die Sache mit meinem Bilde ganz unterläßt –«

»Hahaha!« lachte der Goldschmied, »Sie vergessen, daß sich Lehsen ganz und gar nichts macht aus dem Gelde, daß seine Eltern wohlhabend sind, daß seine Großtante, die Demoiselle Lehsen, die in der Breiten Straße wohnt, ihm längst ihr ganzes Vermögen vermacht hat, das nicht weniger als bare achtzigtausend Taler beträgt!« –

»Was«, rief der Kommissionsrat, erbleicht vor plötzlichem Erstaunen, »was sagen Sie – achtzig – Hören Sie, Herr Leonhard, ich glaube, Albertinchen ist ganz vernarrt in den jungen Lehsen – Ich bin nun einmal ein guter Kerl – ein weichmütiger Vater – kann keinen Tränen, keinen Bitten widerstehen – Zudem gefällt mir der junge Mensch. Er ist ein tüchtiger Künstler. – Sie wissen, was die Kunst betrifft, da bin ich ein rechter Narr mit meiner Vorliebe – Er hat hübsche Eigenschaften, der liebe, gute Lehsen – Achtzig – Nun, wissen Sie was, Leonhard, aus purer Herzensgüte geb ich ihm meine Tochter, dem artigen Jungen!« –

»Hm«, sprach der Goldschmied, »ich muß Ihnen doch etwas Spaßhaftes erzählen. Soeben komme ich aus dem Tiergarten. Dicht an dem großen Bassin fand ich Ihren alten Freund und Schulkameraden, den Geheimen Kanzleisekretär Tusmann, der darüber, daß ihn Albertine verschmäht, in wilde Verzweiflung geraten, sich ins Wasser stürzen wollte. Nur mit Mühe gelang es mir, ihn von der Ausführung seines schrecklichen Entschlusses abzuhalten, indem ich ihm vorstellte, daß Sie, mein wackrer Kommissionsrat, gewiß Ihr treugegebenes Wort halten und durch väterliche Ermahnungen Albertinen dahin bringen würden, ihm unverweigerlich die Hand zu reichen. Geschieht dies nun nicht, geben Sie Albertinens Hand dem jungen Lehsen, so springt Ihr Geheimer in das Bassin, das ist so gut wie gewiß. Denken Sie, was dieser entsetzliche Selbstmord des soliden Mannes für Aufsehn erregen würde? – Jeder klagt Sie –

Sie allein als Tusmanns Mörder an und begegnet Ihnen mit tiefer Verachtung. Sie werden nirgends mehr zur Tafel geladen, und finden Sie sich auf irgendeinem Kaffeehause ein, um Neues zu erwischen, so wirft man Sie zur Tür hinaus – die Treppe hinunter. Aber noch mehr! – Der Geheime Kanzleisekretär ist hochgeachtet von allen seinen Vorgesetzten, sein Ruf als tüchtiger Geschäftsmann hat alle Bureaus durchdrungen. Haben Sie nun durch Ihren Wankelmut, durch Ihre Falschheit den Ärmsten zum Selbstmorde gebracht, so ist gar nicht daran zu denken, daß Sie jemals in Ihrem ganzen Leben noch einen Geheimen Legations-, einen Geheimen Oberfinanzrat zu Hause finden sollten, die Wirklichen am allerwenigsten. Keine Behörde, deren Geneigtheit Ihr Geschäft bedarf, nimmt sich hinfort Ihrer mehr im mindesten an. Von simplen Kommerzienräten werden Sie verhöhnt, Expedienten verfolgen Sie mit Mordwaffen, und Kanzleiboten drücken, Ihnen begegnend, die Hüte fester auf den Kopf. Man nimmt Ihnen den Titel als Kommissionsrat, Stoß erfolgt auf Stoß, Ihr Kredit ist hin, Ihr Vermögen gerät in Verfall, schlechter und schlechter geht's, bis Sie zuletzt in Verachtung, Armut und Elend –«

»Hören Sie auf«, schrie der Kommissionsrat, »Sie martern mich! – Wer hätte denken sollen, daß der Geheime noch in seinen Jahren solch ein verliebter Affe sein würde! – Aber Sie haben recht. – Mag es nun gehen, wie es in der Welt will, ich muß dem Geheimen Wort halten, sonst bin ich ein ruinierter Mann. – Ja, es ist beschlossen, der Geheime erhält Albertinens Hand.« –

»Sie vergessen«, sprach der Goldschmied, »die Bewerbung des Barons Dümmerl. Sie vergessen den fürchterlichen Fluch des alten Manasse! – An diesem haben Sie, wird Bensch verschmäht, den fürchterlichsten Feind. In allen Ihren Spekulationen tritt Ihnen Manasse entgegen. Er scheut kein Mittel, Ihren Kredit zu schmälern, er benutzt jede Gelegenheit, Ihnen zu schaden, er ruht nicht, bis er Sie in Schimpf und Schande heruntergebracht hat, bis der Dales, den er Ihnen auf den Hals geflucht hat, wirklich eingekehrt ist in Ihr Haus. – Genug, Sie mögen nun Albertinens Hand diesem oder jenem der drei Freier geben, immer geraten Sie in Not, und ebendeshalb nannte ich Sie vorhin einen armen, bedauernswürdigen Mann.«

Der Kommissionsrat rannte wie unsinnig im Zimmer auf und ab, rief einmal über das andere: »Ich bin verloren – ein unglücklicher Mensch, ein ruinierter Kommissionsrat – Hätt ich nur das Mädchen gar nicht auf dem Halse. Möge sie alle der Satan davonführen, den Lehsen, den Bensch und – meinen Geheimen dazu –«

»Nun, nun«, begann der Goldschmied, »noch gibt es wohl ein Mittel, Sie aus aller Verlegenheit zu reißen.«

»Welches«, sprach der Kommissionsrat, indem er plötzlich stillstand und den Goldschmied starr anblickte, »welches? Ich gehe alles ein.«

»Haben Sie«, fragte der Goldschmied, »haben Sie in dem Theater den ›Kaufmann von Venedig‹ gesehen?«

»Das ist«, erwiderte der Kommissionsrat, »das ist das Stück, in welchem Herr Devrient einen mordsüchtigen Juden spielt, namens Shylock, dem es gelüstet nach frischem Negoziantenfleisch. – Allerdings habe ich dies Stück gesehen, aber was sollen jetzt die Possen?«

»Kennen Sie«, fuhr der Goldschmied fort, »den ›Kaufmann von Venedig‹, so werden Sie sich erinnern, daß darin ein gewisses reiches Fräulein Porzia vorkommt, deren Vater vermöge testamentlicher Verfügung die Hand seiner Tochter zum Gewinst in einer Art von Lotterie gemacht hatte. Drei Kästen werden hingestellt, unter denen die Bewerber eins wählen und öffnen müssen. Derjenige von den Bewerbern erhält Porzias Hand, der in dem Kästchen, das er gewählt, ihr Porträt eingeschlossen findet. Machen Sie es, Kommissionsrat, als lebendiger Vater wie Porzias verstorbener. Sagen Sie den drei Freiern, daß, da Ihnen einer so lieb wäre als der andere, Sie die Entscheidung dem Zufall überlassen wollten. Drei verschlossene Kästchen werden hingestellt den Freiern zur Wahl, und der, der Albertinens Bildnis gefunden, erhält ihre Hand.«

»Welch ein abenteuerlicher Vorschlag«, rief der Kommissionsrat. »Und ging ich wirklich darauf ein, glauben Sie denn, werter Herr Leonhard, daß mir das im mindesten etwas helfen, daß ich mir nicht, hat auch der Zufall entschieden, den Zorn und Haß derjenigen auf den Hals laden würde, die das Porträt nicht getroffen, hinfolglich abziehen müssen?« –

»Halt«, sprach der Goldschmied, »das ist eben der wichtigste Punkt! – Sehn Sie, Kommissionsrat, ich verspreche Ihnen hiermit feierlichst, die Sache mit den Kästchen so einzurichten, daß sich alles glücklich und friedlich enden soll. Die beiden, welche fehlgegriffen, werden in ihren Kästchen keinesweges, wie die Prinzen von Marokko und Aragon, eine schnöde Abfertigung finden, vielmehr etwas erhalten, welches sie dermaßen befriedigt, daß sie an die Heirat mit Albertinen gar nicht mehr denken und noch dazu Sie, Kommissionsrat, für den Schöpfer eines gar nicht geahnten Glücks halten.«

»Wäre das möglich!« rief der Kommissionsrat.

»Nicht allein möglich«, erwiderte der Goldschmied, »es wird, es muß so kommen, wie ich es Ihnen sage, mein festes Wort darauf.«

Nun nahm der Kommissionsrat keinen Anstand mehr, einzugehen in des Goldschmieds Plan, und beide kamen darin überein, daß in der Mittagsstunde des nächsten Sonntags die Wahl vor sich gehen solle.

Die drei Kästchen versprach der Goldschmied herbeizuschaffen.

Sechstes Kapitel

Worin von der Art, wie die Brautwahl vor sich ging, gehandelt, dann aber die Geschichte geschlossen wird

Man kann denken, daß Albertine ganz und gar in Verzweiflung geriet, als der Kommissionsrat sie mit der unglückseligen Lotterie, in der ihre Hand gewonnen werden sollte, bekannt machte, als alles Bitten, alles Flehen, alles trostlose Weinen nicht vermochte, ihn von dem einmal gefaßten Entschluß abzubringen. Dazu kam, daß Lehsen ihr so gleichgültig, so indolent schien, wie es keiner sein kann, der wirklich liebt, da er nicht das mindeste versuchte, sie heimlich zu sehen oder ihr wenigstens eine Liebesbotschaft zuzustecken. Am Sonnabend vor dem verhängnisvollen Sonntage, der ihr Schicksal entscheiden sollte, saß, als schon tiefe Abenddämmerung eingebrochen, Albertine einsam in ihrem Zimmer. Ganz erfüllt von dem Gedanken an das Unglück, von dem sie bedroht, kam es ihr ein, ob es nicht besser sei, einen raschen Entschluß zu fassen, schnell aus dem väterlichen Hause zu entfliehen, als das Fürchterlichste abzuwarten, zur Heirat gezwungen zu werden mit dem alten, pedantischen Geheimen Kanzleisekretär oder gar mit dem ekelhaften Baron Bensch. Da kam ihr aber auch plötzlich der rätselhafte Goldschmied in den Sinn und die seltsame zauberische Art, wie er den zudringlichen Bensch ihr vom Leibe gehalten. Es war ihr nur zu gewiß, daß er dem Lehsen beigestanden, und so dämmerte in ihr die Hoffnung auf, daß es eben der Goldschmied sein müsse, von dem Hilfe zu hoffen in dem kritischen Moment. Sie empfand den lebhaften Wunsch, den Goldschmied zu sprechen, und war im Innern überzeugt, daß sie sich nicht im mindesten entsetzen würde, sollte der Goldschmied sich ihr auch im Augenblick offenbaren auf gespenstische Weise.

Es geschah auch wirklich, daß Albertine nicht im mindesten erschrak, als sie gewahrte, daß das, was sie für den Ofen gehalten, eigentlich der Goldschmied Leonhard war, der sich ihr näherte und mit sanfter, sonorer Stimme folgendermaßen begann:

»Laß, mein liebes Kind, all deine Traurigkeit, all dein Herzeleid fahren. Wisse, daß Edmund Lehsen, den du wenigstens jetzt zu lieben vermeinst, wisse, daß er mein Schützling ist, dem ich mit aller Macht beistehe. Wisse ferner, daß ich es bin, der deinen Vater auf den Gedanken der Lotterie gebracht, daß ich es bin, der die verhängnisvollen Kästchen besorgt hat, und nun kannst du es dir doch wohl denken, daß niemand anders dein Bild finden wird als eben Edmund.« – Albertine wollte aufjauchzen vor Entzücken; der Goldschmied fuhr fort:

»Edmund deine Hand zu verschaffen wäre mir auch auf andere Weise gelungen; es war mir aber daran gelegen, zu gleicher Zeit die Mitbewerber, den Geheimen Kanzleisekretär Tusmann und den Baron Bensch, ganz und gar zufriedenzustellen. Auch das wird geschehen, und ihr beide, du und dein Vater, werdet vor jeder Anfechtung der verschmähten Freier sicher sein.«

Albertine strömte über in heißen Dank. Sie wäre dem alten Goldschmied beinahe zu Füßen gesunken, sie drückte seine Hand an ihre Brust, sie versicherte, daß sie trotz aller Zauberkünste, die er treibe, ja selbst bei der gespenstigen Art, wie er auch heute abend plötzlich in ihrem Zimmer erschienen, durchaus nichts Unheimliches in seiner Nähe fühle, und schloß mit der naiven Frage, was es denn eigentlich für eine Bewandtnis mit ihm habe, wer er denn eigentlich sei.

»Ei, mein liebes Kind«, begann der Goldschmied lächelnd, »sehr schwer wird es mir zu sagen, wer ich eigentlich bin. Mir geht es so wie vielen, die weit besser wissen, wofür sie die Leute halten, als was sie eigentlich sind! – Erfahre also, mein liebes Kind, daß manche mich für niemand anders halten als für jenen Goldschmied Leonhard Turnhäuser, der in den funfzehnhundertundachtziger Jahren am Hofe des Kurfürsten Johann George in solch großem Ansehen stand und der, als Neid und Bosheit ihn zu verderben trachteten, verschwunden war, man wußte nicht wie und wohin. Geben mich nun solche Leute, die man Romantiker oder Phantasten zu nennen pflegt, für jenen Turnhäuser, mithin für einen gespenstischen Mann aus, so kannst du dir denken, welchen Verdruß ich von den soliden, aufgeklärten Leuten, die als tüchtige Bürger und Geschäftsmänner den Teufel was nach Romantik und Poesie fragen, auszustehen habe. Ja selbst handfeste Ästhetiker wollen mir zu Leibe, verfolgen mich wie die Doktoren und Schriftgelehrten zu

Johann Georgs Zeiten und suchen mir das bißchen Existenz, das ich mir anmaße, zu verbittern und zu verkümmern, wie sie nur können.

Ach, mein liebes Kind, ich merk es schon, ungeachtet ich mich des jungen Edmund Lehsen und deiner so sorglich annehme und überall wie ein echter Deus ex machina erscheine, so werden doch viele, die mit jenen Ästhetikern gleichen Sinnes sind, mich in der Geschichte gar nicht leiden wollen, da sie an meine wirkliche Existenz nun einmal durchaus nicht glauben können! – Um mich nur einigermaßen sicherzustellen, habe ich niemals geradehin zugestehen mögen, daß ich der schweizerische Goldschmied Leonhard Turnhäuser aus dem sechzehnten Jahrhundert bin. Jenen Leuten bleibt es daher vergönnt anzunehmen, ich sei ein geschickter Taschenspieler und die Erklärung aller Spukereien, wie sie vorgekommen, in Wieglebs ›Natürlicher Magie‹ oder sonst aufzusuchen. Freilich habe ich in diesem Augenblick noch ein Kunststück vor, das mir kein Philidor, kein Philadelphia, kein Cagliostro nachmacht und das als durchaus unerklärlich jenen Leuten ein ewiger Anstoß bleiben wird; indessen kann ich davon deshalb keineswegs abstehen, da es zur Vollendung der Berlinischen Geschichte, welche von der Brautwahl dreier bekannten Personen, die sich um die Hand der hübschen Demoiselle Albertine Voßwinkel bewerben, handelt, unumgänglich nötig ist. – Nun also Mut gefaßt, mein liebes Kind, stehe morgen fein früh auf, ziehe das Kleid an, das du am liebsten trägst, weil es dir am besten steht, flechte dein Haar auf in den zierlichsten Zöpfen und erwarte das übrige, wie es sich dann begeben mag, ruhig und in bescheidener Geduld.« –

Hierauf verschwand der Goldschmied, wie er gekommen.

Sonntags um die bestimmte Stunde, d. h. Punkt eilf Uhr, fanden sich ein der alte Manasse mit seinem hoffnungsvollen Neffen, der Geheime Kanzleisekretär Tusmann und Edmund Lehsen mit dem Goldschmied. Die Freier, den Baron Bensch nicht ausgenommen, erschraken beinahe, als sie Albertinen erblickten, denn noch niemals war sie ihnen so überaus schön und anmutig vorgekommen. Jedem Mädchen, jeder Dame, die etwas hält auf geschmackvollen Anzug und zierlichen Schmuck (und wo wäre diejenige hier in Berlin zu finden, die das nicht täte), kann ich aber auch versichern, daß die Garnitur des Kleides, welches Albertine trug, von ausnehmender

Eleganz, das Kleid aber gerade kurz genug war, um den niedlichen, weiß beschuhten Fuß zu zeigen, daß die kurzen Ärmel sowie der Busenstreif aus den kostbarsten Spitzen bestanden, daß die weißen französischen Glacéhandschuhe nur was weniges über die Ellbogen heraufgestreift, den schönsten Oberarm sehen ließen, daß der Kopfputz in nichts weiter als in einem zierlichen goldenen, mit Steinen besetzten Kamm bestand, kurz, daß zu dem bräutlichen Schmuck nichts weiter fehlte als die Myrtenkrone in den dunkeln Flechten. Warum aber Albertine eigentlich viel reizender aussah als sonst, kam wohl daher, daß Liebe und Hoffnung in den Augen strahlten, auf den Wangen blühten.

In einem Anfall von Gastlichkeit hatte der Kommissionsrat ein Gabelfrühstück bereiten lassen. Mit hämischen, scheelen Blicken betrachtete der alte Manasse den gedeckten Tisch, und da der Kommissionsrat ihn einlud zuzulangen, las man auf seinem Antlitz jene Antwort Shylocks: »Ja, um Schinken zu riechen, von der Behausung zu essen, wo euer Prophet, der Nazarener, den Teufel hineinbeschwor. Ich will mit euch handeln und wandeln, mit euch stehen und gehen und was dergleichen mehr ist; aber ich will nicht mit euch essen, mit euch trinken noch mit euch beten!« –

Baron Bensch war weniger gewissenhaft, denn er aß viel mehr Beefsteaks als ziemlich und schwatzte dabei sehr läppisches Zeug, wie es in seiner Art lag.

Der Kommissionsrat verleugnete in der verhängnisvollen Stunde ganz und gar seine Natur; denn außerdem, daß er rücksichtslos Madera und Portwein einschenkte, ja sogar verriet, daß er hundertjährigen Malaga im Keller habe, machte er auch, nachdem das Frühstück beendet, den Freiern die Art, wie über die Hand seiner Tochter entschieden werden sollte, in einer solchen wohlgesetzten Rede bekannt, wie man es ihm gar nicht hätte zutrauen sollen. Die Freier mußten es sich einprägen, daß nur *der* Albertinens Besitz errungen, der das Kästchen, worin ihr Bild befindlich, gewählt.

Mit dem Glockenschlage zwölf ging die Türe des Saals auf, und man erblickte in der Mitte desselben einen mit einem reichen Teppich behängten Tisch, auf welchem drei kleine Kästchen standen.

Das eine von gleißendem Gold hatte auf dem Deckel einen Kranz von funkelnden Dukaten, in dessen Mitte die Worte standen: [?]

»Wer mich erwählt, Glück ihm nach seines Sinnes Art!« [?] Das zweite Kästchen war sehr zierlich in Silber gearbeitet. Auf dem Deckel standen zwischen mancherlei Schriftzügen fremder Sprachen die Worte: [?] »Wer mich erwählt, bekömmt viel mehr als er gehofft!« [?] Das dritte Kästchen, sauber aus Elfenbein geschnitzt, trug die Aufschrift: [?] »Wer mich erwählt, dem wird geträumte Seligkeit!« [?] Albertine nahm Platz auf einem Lehnsessel hinter dem Tisch, ihr zur Seite stellte sich der Kommissionsrat; Manasse und der Goldschmied zogen sich zurück in den Hintergrund des Zimmers.

Als das Los entschieden, daß der Geheime Kanzleisekretär Tusmann zuerst wählen sollte, mußten Bensch und Lehsen abtreten ins Nebenzimmer.

Der Geheime Kanzleisekretär trat bedächtig an den Tisch, betrachtete mit Sorgfalt die Kästchen, las einmal über das andere die Inschriften. Bald fühlte er sich aber durch die schönen verschlungenen Schriftzüge, die auf dem silbernen Kästchen befindlich, unwiderstehlich angezogen. »Gerechter«, rief er begeistert aus, »welch schöne Schrift, wie angenehm paart sich hier das Arabische mit römischer Fraktur! Und ›wer mich erwählt, bekömmt viel mehr als er gehofft‹. – Habe ich denn noch gehofft, daß Demoiselle Albertine Voßwinkel mich mit ihrer werten Hand jemals beglücken werde? Bin ich nicht vielmehr in totale Verzweiflung geraten? – Habe ich mich nicht – im Bassin – Nun! hier ist Trost, hier ist mein Glück! – Kommissionsrat! – Demoiselle Albertine – ich wähle das silberne Kästchen!« –

Albertine stand auf und reichte dem Geheimen Kanzleisekretär einen kleinen Schlüssel, mit dem er sofort das Kästchen öffnete. Doch wie erschrak er, als er keinesweges Albertinens Bild, wohl aber ein kleines, in Pergament gebundenes Buch vorfand, das, als er es aufschlug, nur leere, weiße Blätter enthielt.

Dabei lag ein Zettel mit den Worten:

»War dein Treiben auch verkehrt,
Großes Heil dir widerfährt.
Was du findest, ist bewährt,

Ignorantiam macht's gelehrt,
Sapientiam dir's beschert!«

»Gerechter«, stammelte der Geheime Kanzleisekretär, »ein Buch – ein, kein Buch – gebundenes Papier statt des Bildes – alle Hoffnung zerstört. – O geschlagener Geheimer Kanzleisekretär! mit dir ist es aus, rein aus! – fort in den Froschteich!« –

Tusmann wollte davon, da vertrat ihm aber der Goldschmied den Weg und sprach: »Tusmann, Ihr seid nicht gescheit, kein Schatz kann Euch ersprießlicher sein als der, den Ihr gefunden! Die Verse hätten Euch schon darauf aufmerksam machen sollen. Tut mir den Gefallen und steckt das Buch, das Ihr aus dem Kästchen nahmt, in die Tasche.« – Tusmann tat es. –

»Nun«, fuhr der Goldschmied fort, »nun denkt Euch ein Buch, das Ihr gern in diesem Augenblick bei Euch tragen möchtet.«

»O Gott«, sprach der Geheime Kanzleisekretär verdutzt, »o Gott, unbesonnener-, unchristlicherweise warf ich Thomasii, ›Kurzen Entwurf der politischen Klugheit‹ in den Froschteich!« –

»Faßt in die Tasche, zieht das Buch hervor«, rief der Goldschmied.

Tusmann tat, wie ihm geheißen, und siehe – das Buch war eben kein anderes als Thomasii »Entwurf«.

»Ha, was ist das«, rief der Geheime Kanzleisekretär ganz außer sich, »o Gott, mein lieber Thomasius gerettet vor den feindlichen Rachen schnöder Frösche, die doch nimmermehr daraus Konduite gelernt!«

»Still«, unterbrach ihn der Goldschmied, »steckt das Buch wieder in die Tasche.« – Tusmann tat es.

»Denkt«, fuhr der Goldschmied fort, »denkt Euch jetzt irgendein seltnes Werk, dem Ihr vielleicht lange vergebens nachgetrachtet, das Ihr aus keiner Bibliothek erhalten konntet.«

»O Gott«, sprach der Geheime Kanzleisekretär beinahe wehmütig, »o Gott, da ich nun auch zu meiner Erheiterung bisweilen die Oper zu besuchen gesonnen, wollte ich mich vorher etwas in der edlen Musica feststellen und trachtete bis jetzt vergebens, ein kleines Büchlein zu erhalten, das allegorischerweise die ganze Kunst des Komponisten und Virtuosen darlegt. Ich meine nichts anders als Johannes Beers ›Musikalischen Krieg oder die Beschreibung des Haupttreffens zwischen beiden Heroinen, als der Komposition und Harmonie, wie diese gegeneinander zu Felde gezogen, gescharmutzieret und endlich nach blutigem Treffen wieder verglichen worden‹.« –

»Faßt in die Tasche«, rief der Goldschmied, und vor Freude jauchzte der Geheime Kanzleisekretär laut auf, als er das Buch aufschlug, das nun eben wieder Johannes Beers »Musikalischen Krieg« enthielt.

»Seht Ihr wohl«, sprach nun der Goldschmied, »mittelst des Buchs, das Ihr in dem Kästchen gefunden, habt Ihr die reichste, vollständigste Bibliothek erlangt, die jemals einer besessen und die Ihr noch dazu beständig bei Euch tragen könnt. Denn habt Ihr dieses merkwürdige Buch in der Tasche, so wird es, zieht Ihr es hervor, jedesmal das Werk sein, das Ihr eben zu lesen wünscht.«

Ohne auf Albertine, ohne auf den Kommissionsrat zu achten, sprang der Geheime Kanzleisekretär schnell in die Ecke des Zimmers, warf sich in einen Lehnsessel, steckte das Buch in die Tasche, zog es wieder hervor, und man sah an dem Entzücken, das in seinen Augen strahlte, wie herrlich eintraf, was der Goldschmied verheißen.

Nun kam die Reihe der Wahl an den Baron Bensch. Er trat hinein, schritt nach seiner läppischen tölpelhaften Manier geradezu los auf den Tisch, beschaute mit der Lorgnette die Kästchen und murmelte die Inschriften her. Aber bald fesselte ihn ein natürlicher unwiderstehlicher Instinkt an das goldene Kästchen mit den blinkenden Dukaten auf dem Deckel. »›Wer mich erwählt, Glück ihm nach seines Sinnes Art‹ – Nun ja, Dukaten, die sind nach meinem Sinn, und Albertine, die ist auch nach meinem Sinn, was ist da lange zu wählen und zu überlegen!« So sprach Bensch, griff nach dem goldenen Kästchen, empfing von Albertinen den Schlüssel, öffnete und fand – eine kleine saubere englische Feile! Dabei lag ein Zettel mit den Versen:

»Hast gewonnen, was dein Herz
Wünschen konnt mit wehem Schmerz.
Alles andre ist nur Scherz,
Immer vor-, niemals rückwärts
Geht ein blühendes Kommerz.«

»He«, rief er erbost, »was tu ich mit der Feile? – ist die Feile ein
Porträt, ist die Feile Albertinens Porträt? Ich nehm das Kästchen
und schenk es Albertinen als Brautgabe – Kommen Sie, mein Mädchen –«

Damit wollt er los auf Albertinen, aber der Goldschmied hielt ihn
bei den Schultern zurück, indem er sprach: »Halt, mein Herr, das ist
wider die Abrede. Sie müssen mit der Feile zufrieden sein und werden es unbezweifelt sein, sobald Sie den Wert, den unschätzbaren
Wert des köstlichen Kleinods, das Sie erhalten, erkannt haben, den
schon die Verse andeuten. – Haben Sie einen schönen rändigen
Dukaten in der Tasche?« –

»Nun ja«, erwiderte Bensch verdrießlich, »nun ja, was soll's?«

»Nehmen Sie«, fuhr der Goldschmied fort, »einen solchen Dukaten aus der Tasche und feilen Sie den Rand ab.« –

Bensch tat es mit einer Geschicklichkeit, die von langer Übung
zeugte. Und siehe – noch schöner kam der Rand des Dukatens zum
Vorschein, und so ging es mit dem zweiten, dritten Dukaten, je
mehr Bensch feilte, desto rändiger wurden sie.

Manasse hatte bis jetzt ruhig alles, was sich begeben, mit angese-
hen, doch jetzt sprang er mit wildfunkelnden Augen los auf den
Neffen und schrie mit hohler entsetzlicher Stimme: »Gott meiner
Väter – was ist das – mir her die Feile – mir her die Feile – es ist das
Zauberstück, für das ich meine Seele verkauft vor mehr als drei-
hundert Jahren. – Gott meiner Väter – her mit der Feile.«

Damit wollte er die Feile dem Bensch entreißen, der stieß ihn aber
zurück und schrie: »Weg von mir, alter Narr, ich habe die Feile
gefunden, nicht du« –

Darauf Manasse in voller Wut: »Natter – wurmstichige Frucht
meines Stammes, her mit der Feile! – Alle Teufel über dich, ver-
fluchter Dieb!« –

Unter einem Strom hebräischer Schimpfwörter krallte sich Manasse nun fest an den Baron und strengte knirschend und schäumend alle seine Kraft an, ihm die Feile zu entwinden. Bensch verteidigte aber das Kleinod wie die Löwin ihr Junges, bis zuletzt Manasse schwach ward. Da packte der Neffe den lieben Onkel mit derben Fäusten, warf ihn zur Türe hinaus, daß ihm die Glieder knackten, kehrte pfeilschnell zurück, schob einen kleinen Tisch in die Ecke des Zimmers dem Geheimen Kanzleisekretär gegenüber, schüttete eine ganze Handvoll Dukaten aus und fing mit Eifer an zu feilen.

»Nun«, sprach der Goldschmied, »nun sind wir den entsetzlichen Menschen, den alten Manasse, auf immer los. Man will behaupten, er sei ein zweiter Ahasverus und spuke seit dem Jahre eintausendfünfhundertundzweiundsiebzig umher. Damals wurde er unter dem Namen des Münzjuden Lippold wegen teuflischer Zauberei hingerichtet. – Aber der Teufel rettete ihn vom Tode um den Preis seiner unsterblichen Seele. Viele Leute, die sich auf so etwas verstehen, haben ihn hier in Berlin unter verschiedenen Gestalten bemerkt, woher denn die Sage entsteht, daß es noch zur Zeit nicht einen, sondern viele, viele Lippolds gäbe. – Nun! – Ich habe ihm, da ich auch einige Erfahrung in geheimnisvollen Dingen besitze, den Garaus gemacht!«–

Es würde dich, sehr geliebter Leser, ungemein langweilen müssen, wenn ich nun noch weitläuftig erzählen wollte, was du, da es sich von selbst versteht, schon längst weißt. Ich meine, daß Edmund Lehsen das elfenbeinerne Kästchen mit der Aufschrift

»Wer mich erwählt, dem wird geträumte Seligkeit«

wählte und darin Albertinens wohlgetroffenes Miniaturbild mit den Versen fand:

»Ja, du trafst es, lies dein Glück
In der Schönsten Liebesblick.
Was da war, kommt nie zurück,
So will's irdisches Geschick.
Was dein Traum dir schaffen muß,
Lehrt dich der Geliebten Kuß.«

Daß ferner Edmund dem Bassanio gleich der Anweisung der letzten Worte folgte und die in glühendem Purpur errötende Geliebte an sein Herz drückte – küßte und daß der Kommissionsrat ganz vergnügt war und glücklich über den fröhlichen Ausgang der verwickeltsten aller Heiratsangelegenheiten.

Der Baron Bensch hatte ebenso emsig fort gefeilt als der Geheime Kanzleisekretär fort gelesen. Beide nahmen von dem, was sich eben begeben, nicht eher Notiz, als bis der Kommissionsrat laut verkündete, daß Edmund Lehsen das Kästchen, worin Albertinens Porträt befindlich, gewählt, folglich ihre Hand erhalte. Der Geheime Kanzleisekretär schien darüber außer sich vor Freuden, indem er nach der Art, wie er sein Vergnügen zu äußern pflegte, sich die Hände rieb, zwei-, dreimal etwas weniges in die Höhe sprang und eine feine Lache aufschlug. Den Baron Bensch schien die Heirat gar nicht weiter zu interessieren; dafür umarmte er aber den Kommissionsrat, nannte ihn einen vortrefflichen Gentleman, der ihn durch das solide Geschenk der Feile ganz und gar glücklich gemacht habe, und versicherte, daß er in jedem Geschäft auf ihn rechnen könne. Dann entfernte er sich schnell.

Ebenso dankte der Geheime Kanzleisekretär dem Kommissionsrat unter vielen Tränen der innigsten Rührung, daß er ihn durch das seltenste aller Bücher, welches er ihm aus seiner Bibliothek verehrt habe, zum glücklichsten aller Menschen gemacht, und folgte, nachdem er sich noch in galanter Höflichkeit gegen Albertine, Edmund und den alten Goldschmied erschöpft, dem Baron eiligst nach.

Bensch quälte von nun an nicht mehr die literarische Welt mit ästhetischen Mißgeburten, wie er sonst getan, sondern verwandte lieber die Zeit, Dukaten abzufeilen. Tusmann fiel dagegen nicht mehr den Bibliothekaren zur Last, die ihm sonst tagelang alte, längst vergessene Bücher herbeischaffen mußten.

Nach einigen Wochen des Entzückens und der Freude ging in des Kommissionsrats Hause aber schreckliches Herzeleid los. Der Goldschmied hatte nämlich den jungen Edmund dringend ermahnt, seiner Kunst, sich selbst zur Ehre, sein gegebenes Wort zu halten und nach Italien zu gehen.

Edmund, so schmerzlich ihm die Trennung von der Geliebten werden mußte, fühlte doch den dringenden Trieb, zu wallfahrten nach dem Lande der Kunst, und auch Albertine dachte, während sie die bittersten Tränen vergoß, daran, wie interessant es sein würde, in diesem, jenem Tee Briefe, die sie aus Rom erhalten, aus dem Strickkörbchen hervorzuziehen.

Edmund ist nun schon länger als ein Jahr in Rom, und man will behaupten, daß der Briefwechsel mit Albertinen immer seltener und kälter werde. Wer weiß, ob am Ende einmal gar aus der Heirat der beiden jungen Leute etwas wird. Ledig bleibt Albertine auf keinen Fall, dazu ist sie viel zu hübsch, viel zu reich. Überdies bemerkt man auch, daß der Referendarius Gloxin, ein hübscher junger Mann, mit schmaler, engeingeschnürter Taille, zwei Westen und auf englische Art geknüpftem Halstuch, die Demoiselle Albertine Voß-winkel, mit der er den Winter hindurch auf den Bällen die angenehmsten Françaisen getanzt, häufig nach dem Tiergarten führt und daß der Kommissionsrat dem Pärchen nachtrippelt mit der Miene des zufriedenen Vaters. Zudem hat der Referendarius Gloxin schon das zweite Examen bei dem Kammergericht gemacht und ist nach Aussage der Examinatoren, die ihn in der frühsten Morgenstunde sattsam gequält oder, wie man zu sagen pflegt, auf den Zahn gefühlt haben, welches weh tut, vorzüglich wenn der Zahn hohl, vortrefflich bestanden. Eben aus diesem Examen soll sich denn auch ergeben haben, daß der Referendarius offenbar Heiratsgedanken im Kopfe hat, da er in der Lehre von gewagten Geschäften ganz vorzüglich bewandert.

Vielleicht heiratet Albertine gar den artigen Referendarius, wenn er einen guten Posten erschwungen. – Nun! man muß abwarten, was geschieht!–

Über tredition

Eigenes Buch veröffentlichen

tredition wurde 2006 in Hamburg gegründet und hat seither mehrere tausend Buchtitel veröffentlicht. Autoren veröffentlichen in wenigen leichten Schritten gedruckte Bücher, e-Books und audio-Books. tredition hat das Ziel, die beste und fairste Veröffentlichungsmöglichkeit für Autoren zu bieten.

tredition wurde mit der Erkenntnis gegründet, dass nur etwa jedes 200. bei Verlagen eingereichte Manuskript veröffentlicht wird. Dabei hat jedes Buch seinen Markt, also seine Leser. tredition sorgt dafür, dass für jedes Buch die Leserschaft auch erreicht wird.

Im einzigartigen Literatur-Netzwerk von tredition bieten zahlreiche Literatur-Partner (das sind Lektoren, Übersetzer, Hörbuchsprecher und Illustratoren) ihre Dienstleistung an, um Manuskripte zu verbessern oder die Vielfalt zu erhöhen. Autoren vereinbaren direkt mit den Literatur-Partnern die Konditionen ihrer Zusammenarbeit und partizipieren gemeinsam am Erfolg des Buches.

Das gesamte Verlagsprogramm von tredition ist bei allen stationären Buchhandlungen und Online-Buchhändlern wie z. B. Amazon erhältlich. e-Books stehen bei den führenden Online-Portalen (z. B. iBookstore von Apple oder Kindle von Amazon) zum Verkauf.

Einfach leicht ein Buch veröffentlichen: **www.tredition.de**

Eigene Buchreihe oder eigenen Verlag gründen

Seit 2009 bietet tredition sein Verlagskonzept auch als sogenanntes "White-Label" an. Das bedeutet, dass andere Unternehmen, Institutionen und Personen risikofrei und unkompliziert selbst zum Herausgeber von Büchern und Buchreihen unter eigener Marke werden können. tredition übernimmt dabei das komplette Herstellungs- und Distributionsrisiko.

Zahlreiche Zeitschriften-, Zeitungs- und Buchverlage, Universitäten, Forschungseinrichtungen u.v.m. nutzen diese Dienstleistung von tredition, um unter eigener Marke ohne Risiko Bücher zu verlegen.

Alle Informationen im Internet: **www.tredition.de/fuer-verlage**

tredition wurde mit mehreren Innovationspreisen ausgezeichnet, u. a. mit dem Webfuture Award und dem Innovationspreis der Buch Digitale.

tredition ist Mitglied im Börsenverein des Deutschen Buchhandels.

Dieses Werk elektronisch lesen

Dieses Werk ist Teil der Gutenberg-DE Edition DVD. Diese enthält das komplette Archiv des Projekt Gutenberg-DE. Die DVD ist im Internet erhältlich auf **http://gutenbergshop.abc.de**

MIX

Papier | Fördert
gute Waldnutzung

FSC® C083411

Zeitfracht Medien GmbH
Ferdinand-Jühlke-Straße 7
99095 Erfurt, Deutschland
produktsicherheit@kolibri360.de